ゴースト

二係捜査(3)

本城雅人

角川文庫
23888

目次

登場人物

森内　洸……警視庁捜査一課所属。二係捜査担当刑事。野方署から二係に異動してきた。

信楽京介……警視庁捜査一課所属。二係捜査のベテラン。巡査部長。

江柄子良弘……警視庁捜査一課の理事官。

藤瀬祐里……中央新聞の記者。捜査一課担当。（『ミッドナイト・ジャーナル』に登場）

向田瑠璃……中央新聞の記者。調査報道班所属。（『不屈の記者』に登場）

柿沢孝洋……新宿記念病院の内科医。

小深田亜理……三歳の息子が行方不明となっている母親。

小深田隼人……亜理の元夫。ＩＴ企業を経営。

1

二〇〇〇年（二十年前）

「番号は4367や。暗証番号入れて二十万出してきたらそれでしまいや」

蛍光灯で照らされたビルの二階で、柿沢孝洋（かきざわたかひろ）は、肩まで髪を伸ばした男からクレジットカードを渡された。

中二を終えた孝洋より二級上のその男は、目つきが悪くて喧嘩（けんか）っ早（ぱや）いので、同じ中学に在校していた時から知っていた。

「おばはんのバッグをひったくるよりましやろ？」

そう言ってタイガースの帽子を目深に被（かぶ）らされる。

「暗証番号は二回までしか間違えられへんからな。頼むで」

もう一人の体が大きな男から頭を小突かれる。この男も同じ中学出身だ。春休みに入ってまだ五日しか経っていないのに、二人の顔を見るのは三度目になる。

　彼らが中学にいた頃は、一切関わりはなかった。それが三ヵ月前の冬休み、塾の特進コースの授業がなかった日に、思わぬことで目を付けられた。

　渡されたカードを持ち、一人でフロアの端にあるキャッシングコーナーに近づいていく。

　二階にあるマッサージ店やチケットショップはすべて閉店している。灯りがついているのは、このキャッシングコーナーだけだ。

　足を踏み出すと自動扉が急に開き、それだけで体がびくついた。

　頭を上げないようにしているが、頭上の防犯カメラがずっと自分を捉えているようで気が気でなかった。

　長髪からは「ここのカメラはダミーやから大丈夫や」と言われたが、だとしたらどうして帽子を被らされたのか。自分が映った画像は、明日には警備会社から警察に提出されるに違いない。

　カードは酔いつぶれていたサラリーマンの財布から奪ったものらしい。どうやったのか分からないが暗証番号まで聞き出したらしい。だがサラリーマンは朝にはカードがなくなっていることに気づき、警察に相談に行くだろう。そこで金が引き出されていることも知ることになる。

〈いらっしゃいませ。カードを挿入してください〉

　カードを握りしめて機械の前に立つと、アナウンスが流れ、挿入口が光った。

未成年ではなかったが、先月には孝洋のように脅されて窃盗事件を起こした男性の裁判があり、犯行に加担する前に警察に相談できたはずだと有罪判決が出た。カードを入れて暗証番号を押した時点で孝洋も犯罪者だ。

その時、急に誰かに見られている気配を感じ、首を後ろに回した。

男たちはいなかったが、見覚えのある女子が自動ドアの向こう側に立っていた。同じクラスの彼女は、孝洋の顔をじっと見て、首を左右に振った。

入れたらあかん、人生が台無しになるよ──そう言っているように孝洋には伝わった。

踵（きびす）を返して出口に向かう。下を向いて早足で歩くと、柱の陰から連中が出てきた。

「教えた番号で間違いなかったやろ？　こら、はよ出せや、二十万」

手を差し出した長髪に、カードを返そうとした。

運が悪いことに手から離れたカードは長髪の目を直撃し、長髪は「痛っ」と顔を背けて目を押さえた。

「われ、殺すぞ」

顔を真っ赤にして長髪が怒鳴ると同時に、孝洋は駆け出した。

あまり足が速くない孝洋は、何度も足がもつれて転びそうになった。角を曲がる時に背後を確認した。

でかい男はずっと後ろだが、長髪は歯を食いしばった顔で、たちまち迫ってくる。

階段までまだ十メートルあった。もうだめだ、このままでは、人がいない二階で捕まり、二人に袋叩（ふくろだた）きにされる。殺されるかもしれない。

左斜め前方から声がした。

「柿沢くん、こっちや」

走りながら顔を向ける。

「塚本（つかもと）さ……逸島（いつしま）さん」

非常階段の扉の陰から、キャッシングコーナーの外から孝洋の犯行を止めてくれた逸島亜理（ありり）が顔だけ出して、手招きしていたのだ。

スピードを緩めたことであやうく長髪に後ろ襟を摑（つか）まれかかったが、かろうじて躱（かわ）して、亜理がいる非常階段に飛び込んだ。

「待てや」

長髪も向かってきたが、間一髪、亜理が扉を閉めた。

「おい、非常階段の中に入ったぞ」

「開けろ、殺すぞ」

大きな体の男も追いついたようだ。狂気に満ちた声を発しながら、二人して非常扉を押してくる。すごい力で、扉は何度か開きかけたが、孝洋も自分でも信じられないほどの馬鹿力が出て、扉を押し戻した。

閉まったタイミングで亜理がジャンプして、ドアの上部についていた鍵（かぎ）を捻（ひね）った。

「こら、開けんかい。開けんとしばくぞ」

連中はしばらくドアを叩いていたが、諦めたのか、「柿沢、覚えとけよ。明日、おまえんち行くからな」と捨てゼリフを残して去っていったようだ。

「柿沢くん、これでひと安心やな」

亜理の声に、孝洋も助かったと長い息を吐いた。

「疲れたわ、やすも」

亜理はスカートの後ろを折りながら階段に座る。

「柿沢くんも座ったらええやん。このビルの非常階段は、夜十時以降は鍵がしまってて、二階以外は中からしか出れんようになってるから平気やで」

「そうなんだ」

孝洋は、亜理から一人分間をあけて、腰を下ろした。階段は、こびりついた古いガムで黒くなっていたが、気にしなかった。

父親の転勤で東京から転校してきたのが小学六年の二学期、その時同じクラスだったのが亜理だった。

同じ学校に進んだ中一は別クラス、中二で同じクラスになれたが、根暗と言われて友達のいない孝洋は、一年間亜理とは口が利けなかった。

「逸島さん、なんでこんなところにおったん？」

普段はあまり使わない大阪弁で話しかけた。耳に水が入った時のように自分の声がへんに聞こえる。全力疾走した息切れは収まったが、まだ普通ではない。恐ろしい連中に刃向かったこともそうだが、亜理と二人きりでいることに、心臓は早鐘を打っている。

小学校から男子に人気があった亜理は、笑った時にできる右側の片えくぼが印象的で、孝洋の初恋の人でもあった。

「うちんち、このビルの一番上なんよ」

「このビル、逸島さんの家のもんなん？」

「そやで」

肯定したが、自慢しているようには感じられない。

「知らなかったわ」

「友達の家から帰ってきたら、柿沢くんが入ってくるのが見えたから、うちも二階に来たんよ」

「俺がなにをされてるのか分かった？」

「うん、あいつら、前もおとなしそうな子に似たことをさせてたからな」

孝洋を悲運な被害者のように言ってくれたが、本当は情けない男に映ったのではないか。

普通はやれと言われても断る。だが喧嘩はからっきしの孝洋には、拒否する勇気もなかった。

彼らに目をつけられてからというもの、母親の財布から金を持って来させられた。二度目の時に母親に見つかって叱られた。そのことを伝えると、「しゃあないな」とその場は解放されたが、それで見逃してくれるほど甘い連中ではなかった。今晩も緊急連絡網だと嘘の電話をかけてきて、このビルの二階に呼び出された。

「逸島さん、俺がなんであいつらに目をつけられたか知りたい？」

　言い訳をするつもりで尋ねた。

「別に興味ないわ」そう言いながらも「話してな」と言った。

「冬休みに、俺が本屋へ参考書を買いに行った時、あいつらがゲームを万引きしたんだよ。それを店員に見つかってあいつら逃げたんやけど、バレたのは俺が店員にチクったからだと逆恨みしたみたいなんだ」

　ひと通りの少ない道で孝洋を待ち伏せしていた彼らは、「ええから黙って歩け」と背中に拳銃でも突きつけるように脅し、孝洋を公衆トイレの個室に連れこんだ。

　鍵が締まると同時に、ものすごい勢いの膝蹴りが腹に飛んできて、孝洋は汚れた床に膝をついた。もう一人に羽交い締めにされて立たされ、息ができなくなるくらい腹を殴られた。

　ようやく許してくれたと思ったら、ピーコートのポケットに手を突っ込まれて、所持金を全部盗られた。それからだ。ヤツらの恐喝が始まったのは。

「俺はなにもチクってないんだけど」

　亜理は「そうなん」と言っただけであまり興味はなさそうだった。

逆に自分がチクったと言った方が良かったか。

一人っ子で、甘やかされて育った孝洋は、生まれてこのかた人に手を出したことは皆無だ。口喧嘩すらない。

「逸島さん、なんで俺を助けてくれたん？」

そのことが一番不思議だった。

「柿沢くん、この前のテスト、教えてくれたやろ」

「あっ、あれか」

三学期の期末試験、あれは英語だったが、斜め前に亜理が座っていた。

隣の女子生徒の答案を覗こうとした亜理が、孝洋の視線に気づいた。

いつもの孝洋ならそこで目を逸らしていた。

その日そうしなかったのは、見えた亜理の答案用紙に空欄が目立ったからだ。

孝洋は声には出さずに、「さんばん」と口だけ動かした。

目を丸くした亜理は、ゆっくりと「３」の選択肢に鉛筆を置く。

孝洋は頷いた。

その後も七つの問題で亜理が選択肢に一つずつ鉛筆を置き、そのたびに孝洋は頷いたり首を横に振ったりして答えを伝えた。

試験監督役の教諭は、教壇で船を漕いでいたから、バレることはなかった。

教えた答えは間違いなく正解だ。

成績はクラスでずっと一番なので勉強には自信がある。

そうは言っても、テスト後に礼は言われなかったし、とくに感謝もされてはいないのだろうと思っていた。

「うち、頭悪いから、柿沢くんが教えてくれへんかったら、三年生に上がれんかったかもしれん」

亜理の成績があまりよくないのは知っていたが、そのことで孝洋がガッカリしたことはない。

男子にモテる女子は、だいたい校内で目立つヤンキーと付き合い、悪いグループに入っていたが、亜理は無縁だった。どこにいってもクラスメイトに囲まれ、その真ん中で目を惹くほど咲き誇っている。ただしその花は明るいだけでなく、どこか慎ましい。

「柿沢くん、今度、勉強教えてや。このままやと、うち高校に行かれへん」

「いいけど、俺、明日あいつらに半殺しにされるだろうから、もう学校に行けないかもしれないよ」

今もビルの外で待ち伏せしているのではないか。

今日無事だったとしても、自宅を知られているので、ヤツらは朝には家にやってくる。長髪は悪事には頭が回り、通りがかりの真面目そうな中学生を使ってインターホンを押すため、母は信用して孝洋を呼び出す。

待ち受ける恐怖を想像したせいで、殴られた鳩尾が疼いた。今日は一発だけだったが、何発も食らった時は、骨が折れたと思ったほどの痛さで夜も眠れなかった。

「そやったらうちのお兄ちゃんに言うたるわ。うちのお兄ちゃんは、あんなやつらより喧嘩強いから、あいつらも従うしかないし」

　亜理の三つ上の兄はこのあたりでは札付きのヤンキーだ。

　バイクを乗り回していて、駅前の通りで騒いでいるのを、塾帰りに目撃した。注意しにきた警察官にも、言うことを聞かずに楯突いていた。

「逸島さんはいいよな。お兄さんは喧嘩強いし、お父さんは金持ちだし」

「全然、ええことないよ。本当のお父さんともお兄ちゃんともちゃうし」

「塚本」だった苗字は、中二の三学期に「逸島」に変わった。亜理は学校では旧姓で通したかったようだが、先生が発表してしまったのだ。その時には彼女は耳を赤くして俯いていた。

　それまでは母娘二人で、孝洋の家の裏手にある公営団地に住んでいた。孝洋の両親が「団地の子とは遊んではだめ」と注意するほど貧しい人が多く住んでいて、とりわけ亜理の家は、小学生の頃は給食費も払えず、生活保護を受けていたという噂だった。

「なぁ、柿沢くんのお父さん、サラリーマンやったよな？　ええな」

「全然いいことはないよ。給料安いって父も母もぼやいてるし。こんなビルを持ってるんだから、逸島さんのお父さんの方がよっぽど羨ましいよ」

　そう言ってから、部活に入らずに勉強ばかりしている理由を説明しておこうと、「だからうちの両親は俺には医者になれって言うんだよ、医者だったら一生安泰だからって」と答えた。

「柿沢くんはどう思ってるん？」

「最近は自分でも医者になるために勉強しようと思っているよ。病気で苦しんでいる人を助けたいって」

本気で医者になりたいと考え始めている。いい医学部に入るために、高校は難関私立を受験するつもりだ。

力強く言ったが、亜理はふーんと言ったきり、しばらく沈黙した。

「うちのお父さん、金貸しやねん」

時間を置いてつぶやく。

「ホンマのお父さんは、事業に失敗して首吊って死んでん。今のお父さんかて最近儲かってへんみたいやし、いつあかんようになるか分からん」

切なげに眉をしなわせる。

この顔だ。時々こうした哀し気な表情を見せる。その面影に孝洋は惹かれる。

「そんなの心配はいらないんじゃないの。逸島さんは気にし過ぎだよ」

そう言ったが、亜理がなぜそのような心配をするのか分からなかった。

確かにバブルが弾けたと言われて久しく、大学を出ても仕事に就けない人がたくさんいる就職氷河期が続いている。

一方で不景気になればなるほど金を借りたい人間はわんさか出る。日本中のそこかしこにキャッシングマシーンができて、貸金業者は高い金利を取っている。亜理の父親も、経済の悪化を喜んでいるのではないか。

元気づけるつもりで言った孝洋の声は、彼女の心まで届いていなかった。

「お母さん、なんであんな人と結婚したんやろ。うち、サラリーマンのお父さんがええのに……」

どこか遠くを見るように亜理は、深いため息をついた。

その夜は男たちに待ち伏せされずに家路につけた。

翌朝に訪れる恐怖に眠れず、翌日は一日中、二階の自分の部屋からカーテンに隠れるようにして外を覗いたが、二人組は現れなかった。

亜理が兄に話してくれたのだろう。話半分に聞いていたが、本当に助けてくれるとは。ますます亜理のことが好きになった。

待ち遠しかった四月の新学期、残念ながらクラスは別になったが、亜理のクラスに行き、「逸島さん、ありがとう」と感謝の気持ちを伝えた。

亜理はきょとんとして、「なにが？」と答えた。

「お兄さんに言ってくれたんだろ。次の日からあの連中は一度もうちに来なかったよ」

「ああ、あれか。それは良かったな」

家庭の事情を話したあの夜とは打って変わって、ぶっきらぼうな返答だった。

女子から呼ばれると、亜理は孝洋のことなど気にせずに、「待って、今行くから」と走り去った。

勉強を教えてほしいと言われたことに、孝洋は春休み中、舞い上がっていた。塾の課題の合間に、すでに頭に入っている孝洋から見ればレベルが低い中三の教科書を入手し、一学期のテストに出そうな箇所や問題の解き方のコツをノートに書き留めた。

そのノートすら、渡す機会はなかった。

クラスが替わったため、亜理がその後のテストにどれくらい往生していたかも知らない。

また元の遠い存在に戻ったが、落ち込むほどではなかった。

もとより亜理とは居場所が違うのだ。

自分などが亜理と仲良くして、放課後に勉強を教えていたら、みんなから妬まれ、今度は中学のヤンキーからひどい目に遭わされる。

亜理が無事に高校に入学できたかどうか、孝洋は知らない。

なぜなら中三の一学期に父親の転勤で東京に戻った孝洋は、都内の私立高校に合格、連絡を取り合う友達も大阪にはいなかったため、亜理のことが気になっても知る術がなかったのだ。

進学した高校はレベルが高すぎて、いくら猛勉強したところでトップクラスには入れなかった。

それでも中の上くらいの成績にくらいつき、大学は第一志望だった私大の医学部に現役合格した。

毎日びっしりとカリキュラムが詰まっていた医学部では、他の学生のように自由きままに学生生活を楽しむことはできなかったが、観光地巡りのサークルに入ったり、家庭教師のアルバイトをしたりと、勉強以外の楽しみも増えた。

大阪にいた頃は、ずんぐりむっくりした体だったのが、高校に入って背が十センチ、一七八センチまで伸びた。丸かった顔も頬が細くなり、女子から興味を持たれるようになった。

初めて彼女も出来た。スタイルが良く、学祭のミスコンにも出場した近本美織という医学部の同級生だ。

コンパやイベントのたびに近づいてくる女子たちの中から美織と交際したのは、目鼻がはっきりしたハーフっぽいルックスのせいだけではなかった。美織が他の女性よりも積極的に、孝洋にアプローチしてきたからだ。

風貌は変わっても、孝洋の性格は大阪時代と変わらず奥手のままだった。

美織の実家は、都内の一等地で、セレブ患者向けの近本アーバンクリニックを経営していた。仲間からは、「柿沢は将来安泰だな」と羨ましがられた。

医師国家試験に合格した孝洋は、神奈川の川崎北部にある総合病院で初期研修医として過ごした。

急患があればいつでも駆け付けられるように、実家を出て、病院近くの鬱蒼とした雑木林のそばに建つ木造アパートを借りた。

美織は都内の病院に勤務したため、お互いが多忙となって会える機会は減ったが、交際は続いた。

月に一、二度デートをする。その日の夜のうちには戻らないといけないので、時間に限りがあった。だが奔放な性格の美織からホテルに行こうと誘ってきて、体だけのデートになっても不満を言われることはなかった。

実は孝洋は、二十二歳のクリスマスに美織が予約した外資系ホテルで過ごした夜が初体験だった。

一方の美織は、大学に入る前に男性経験があり、孝洋が五人目の彼氏だと、彼女の親友がうっかり漏らした。

二人の間では結婚話も出ていて、二年間の初期研修医を終えた時には結婚して、後期研修からは美織の父親のクリニックに勤務する。美織も心療内科医として勤める。すべて美織が勝手に話を進めていたが、孝洋に異存はなかった。

美織の父のクリニックでは、週に数回、大学病院から医師を呼ぶ。名医に診てもらえるのが看板だが、それが経営の負担になっていると美織はよく嘆いていたからだ。

さすがに癌の手術を研修医が執刀することはありえないが、胆石や中耳炎、そのほか一、二日の入院で済むポリープの切除などはたくさんの実体験を積む後期研修医の仕事だ。

その時のために、予見できなかったケースの対処法などを、初期研修医のうちに身に付けておく必要があった。

休日は週一日、研修医は朝から晩まで奴隷のようにこき使われる総合病院の勤務も不満はなかった。

研修医が二人以上医局に集まれば、自然と指導医師の悪口になる。だが医師だってなにもいじめたくて厳しいことを言っているわけではない。自分たちの将来を思って口うるさく言ってくれているのだと、極力研修医の群れには加わらなかった。

美織の父とも食事をしたが、「孝洋くんは本当に真面目で誠実だね。なによりも勇敢だ。そうした人間でなければいい医師にはなれないんだよ」とクリニックに来る日を心待ちにされた。

だが義父から勇敢という言葉を聞くたびに、細かい砂が混じったかのように心がざらついた。

自分はけっして勇敢ではない、そう思うと真面目で誠実だと見られる評価まで、崩したくなる衝動に駆られた。

川崎の病院に勤務して二年目に入ると、美織が勤める病院で、日曜診療が始まった。夜は共に食事をしたが、孝洋は日曜の昼間にすることがなくなり、空疎感を埋めるようにおかしなことを考えるようになった。

それが出会い系サイトを見ることだった。なにも浮気をしたいわけではない。ただ最初は、世の中にはこれほどまでに、一日限りの関係を求める女性がいて、その何倍もの男性が女性を探している事実に衝撃を受けた。

その中から気になった女性にメッセージを送った。こんなことをしていては美織を裏切ることになると、一旦（いったん）はサイトを閉じたが、気になって受信箱を確認すると、三十分も経っていないのに返事が届いていた。

しばらくはメッセージをやりとりするだけだったが、女性の目的が援助交際だと分かると、どんな女性がこういうことをやっているのか無性に顔を見たくなった。

川崎から電車を乗り継いでいき、歌舞伎町（かぶきちょう）で初めて待ち合わせをしたのは、翌年の結婚式の日取りも決まった二十六歳の年、半袖（はんそで）では肌寒く感じるようになった十月初旬だった。

二十四歳のOLだという、濃いめのアイライナーで目を大きく描いた女性が、約束した喫茶店に現れた。

顔が見たかっただけで、ホテルに行く勇気もなかった孝洋は、キャンセル代として五千円を挟んだ科学雑誌を渡して帰ろうとした。

掲示板に《ホ別3》と隠語で書いた女性からは、「お兄さん、カッコいいから二五でいいよ」と金をけちっていると勘違いされた。手を引っ張られてラブホテルに入り、結局ホテル代のほかに、二万五千円を払って関係を持った。

その日、人生で二人目の女性を経験してからというもの、日曜日が来るたびに歌舞伎町に向かった。

ネットカフェから出会い系サイトを覗き、女性と会って、話がまとまらなかったらまた戻ってサイトを開く。気に入ったら金を払って関係を結ぶ。まるで係留柱から綱が外れて漂流する船のように、様々な事情を持つ人が行き交う歌舞伎町の人波を彷徨った。

優等生の殻を破りたいだけだったので、正直、女性はどんなタイプでも良かった。真面目で悪いことなどなにもできないと見ている人に、俺は裏ではこんな不誠実なことをやっているのだと知らせたい——そう考えるだけで、目立たぬよう怯えて生きてきた心の隙間が、埋められていくようだった。

顔やスタイルは関係なかったが、最初の女性のように孝洋の容姿に喜んでホテルに行く女性は避けた。普段は真面目にOLや学生をしているが、致し方ない事情で体を売っている女性。罪悪感が強ければ強いほどいい。

名前も知らない女性と関係を持って金を渡し、その後は平然とした顔で美織と会って、時には美織の家族とも食事をする。

医者としての将来が約束されているのに、平気で買春している。いつか美織や病院にバレて、人生が台無しになるぞ、そう戒める自分はいた。その裏でおまえなんて偽善のかたまりだろ、全部ぶちこわして正体を見せてやれと黒い心が唆してくる。正体といっても小心な自分にできるのはこれくらいだ。医師になろうが、女性から興味を持たれるようになろうが、臆病な性格なのは大阪時代となにも変わっていない。

援助交際で会った女性が六人になった十二月になると、歌舞伎町もクリスマスを感じるイルミネーションが輝き始めた。道行く人の多くがダウンを着ている。今年は白いダウンが流行っているようだ。

二カ月後には結婚式が迫っていた。美織は披露宴をやりたがったが、孝洋の希望で両親と親しい友人だけを呼び、教会での式後に食事会をすることにした。みんなに注目されるような目立つことは相変わらず苦手だった。

もうすぐ夫になるというのに、孝洋はこの日曜もまた、昼過ぎからネットカフェにこもっていた。

スマホ片手に掲示板で女性を探す。普通の出会いを求めている女性を知りたくなり、掲示板に値段などの隠語が書いていない女性に連絡を取った。

ところがそうした女性とは、会おうとする前にメッセージ交換が途絶えてしまう。孝洋は医師の職業は隠したし、容姿が誰に似ていると聞かれても、《誰とも似てない、普通》と書き、文章も硬くてつまらないので、女性も考えてしまうのだろう。だいたい日曜の昼間から出会い系サイトを見ている男など、モテないオタクに決まっている。そう思われても一向に構わないのだが。

結局、純粋な出会いは諦めて、いつもの援助目的の女性に変えた。すぐに一人と約束がとれた。

待ち合わせの喫茶店に現れた二十歳の女子大生は、まるで何日も家に帰っていないかのような薄っぺらのコートに、下は季節感のないミニスカートで素足、顔はやたらと幼かった。

「きみ、本当に二十歳だよね。悪いけど身分証明書を見せてくれないか。免許証でもいい。名前のところは隠してもいいから」

「ないよ、免許なんか持ってないし」

「大学生なら学生証があるでしょ。それを見せてもらえないと、お金は払えないよ」

強く出ると、女性はしぶしぶ学生証を出した。

目を見張った。なんと十六歳の高校生だったのだ。

26歳医師が淫行(いんこう)で逮捕——ニュースの見出しが脳裏で交錯する。

「ごめん、これをあげるので帰ってくれるかな」

震える手で、テーブルの下で持参した科学雑誌に一万円を挟み、女子高生に渡した。

「高校生はこういうことはやらないで、もっと自分を大切にした方がいいよ」

彼女が雑誌を開いた瞬間、つい口から出た。挟んだ金を女子高生は堂々と抜き取り、自分の財布へとしまう。そのまま立ち上がる。

「出会い系やってる男が、偉そうに説教垂れてんじゃねえよ」

罵声(ばせい)を残して帰っていくと、店内からくすくすと笑い声が聞こえた。

今日は帰った方が良さそうだ。そろそろこんな危険な行為はやめろと、神様が警告してくれているのかもしれない。

歌舞伎町を出て、靖国通りを渡ろうと信号待ちしていると、今夜は美織は友人とディナーに行くことになっていて、予定がないことを思い出した。

もう一度だけ、とポケットにしまったスマホを取り出し、電信柱の陰でサイトを開く。

いつものメンバーといってもいいくらいの、見慣れた紹介文が並んでいた。

やっぱり今日は見つけられそうもない。もう一ページだけ覗いて、いなければやめようと次のページをタップする。

出てきた最初の欄の、他の女性とはまったく異なる書き込みが目に留まった。

その女性は、自己紹介も金額や時間といった条件もなく、ただカタカナのみでこう綴っていた。

イツシマアリ、イツデモアリ。

2

二〇二〇年六月（現在）

六月七日、新大久保の路地裏で、大学生に因縁をつけられていた中年男性を、三十代の医師が助けようとした。

大学生は、今度は止めに入った医師にいちゃもんをつけ手を出したため、医師が反撃して大学生に全治一ヵ月の怪我をさせた。重傷を負わせたことで正当防衛は認められず、医師は通報で駆け付けた新宿署員に傷害容疑で逮捕された。

逮捕から三日後の六月十日、警視庁捜査一課で二係捜査（別名・遺体なき殺人事件）を担当する森内洸は、上司の信楽京介に進言した。

「部屋長、この柿沢孝洋って三十四歳の医師、去年四月、行方不明になったあきる野市の三歳男児の母親と、小、中学校が同じです。さらに逮捕時に勤務していた病院に確認したところ、柿沢は飛翔ちゃんがいなくなった前の日が休日で、翌四月十一日から三日間、体調を崩したとして休んでいます。これって事件の端緒になるのではないでしょうか」

あきる野市は東京西部、多摩地区に位置し、近くには秋川渓谷がある自然豊かな地域である。

母親が子供が行方不明になったと警察に通報して以降、警察や消防署や地元ボランティアがあたりを捜索したが、今のところ遺体どころか、男児の靴や衣服なども発見されていない。どうやら母親が目を離した隙に男児は外に出た。自宅近くにも川が流れていて、いなくなった日は雨で水量が増していたため、川に落ちて流されたのではないか——一週間後には捜索は一旦、打ち切られた。

母親の名は小深田亜理。

ＩＴ企業を経営する小深田隼人と婚姻関係にあったが、離婚して、世田谷区からあきる野市に男児と二人で移った。男児がいなくなったのは、古い平屋の戸建に転居した翌日だった。

「小、中学校が同じなんて、森内はよく気づいたな。そんな端緒、なかなか見つけられないぞ」

滅多なことでは褒めない信楽が口を丸くした。

「男児の母親の出身地である大阪の堺って、僕が大阪で唯一行った場所なので記憶に残っていたんです。といっても大学のサッカー部での遠征だったんですけど。この傷害で逮捕された医師も、大阪の堺の中学から、高校は東京の名門私立に入学したとネットに記事が出ていました。同じ年齢なだけで、まさか違うよなと思いながら調べたら、柿沢孝洋は大阪に転校してきた小六から中三の途中まで小深田亜理と同じ学校で、小六と中二で、二度同じクラスになっていました」

行方不明者届が出ても、警察は遺体が発見されるなど犯罪の証拠が出ない限り事件化はしないし、立件されない事案に裁判所は強制捜査の令状は出さない。かといって怪しい人物を任意で調べるのには限界がある。

そのため近々の逮捕者に絞って、逮捕者と行方不明者との関連――信楽はそれを端緒と呼ぶが――を探すのが二係捜査だ。それを見つけようと、信楽と洸は朝から夕方まで目がぼやけるくらい、データベースの行方不明者届や捜査記録を睨みつけているのだ。

「同じ学校だと聞いた時は単なる偶然かと思いましたが、念のために被疑者が勤務している新宿記念病院に電話して、つごう四日間休んでいると聞いた時は、びっくりしてすぐに返事ができませんでした」

「俺も森内の報告を聞いて、久々に鳥肌が立ったよ」

「問題はこの医師が暴行事件を起こしたわけではなく、傷害といっても仲裁に入った上での過剰防衛だということですよね」

故意に悪いことをして捕まったわけではない。人助けして行き過ぎただけだ。

「きっかけがなんであろうと逮捕は逮捕だよ。大学生は全治一ヵ月の怪我をさせられたんだ」

「そうですね。だから新宿署も逮捕したんですものね」

洸が本庁の捜査一課、二係捜査担当になってこの六月で一年九ヵ月になる。その間で洸が少しでも捜査に貢献したと言える事件は町田の女子高生の殺人のみだ。

その事件は「別事件で逮捕された被疑者との端緒を見つける→取調べをして自白を引き出す→遺体を発見して逮捕状を請求する」といった二係捜査の流れとは少し違った。

去年夏には、過去に信楽によって逮捕、起訴されながら無罪になった男が、茨城県鉾田市で女児を殺害、信楽の捜査が世間の耳目を集めた。

信楽と洸は男の余罪を突き止めたが、これも二係捜査とは直接関係のないレアなケースだった。

　もし柿沢孝洋が小深田亜理の息子、飛翔ちゃんの殺害に関与していたら、これこそが本来の二係捜査、現時点では男児の遺体も出ていないから、まさしく遺体なき殺人事件となる。

「問題は、その男、医者なんだよな」

　信楽は眉間に皺を寄せた。

「はい。それがなにが問題なんですか」

「病院となると、契約する弁護士がいるだろう。すぐに出てきて、過剰防衛なら保釈を認めろと言ってくる。そうなると俺たちの調べはできなくなるよ」

「それでしたら問題ないです、柿沢は逮捕されてすぐ、迷惑がかかると、病院に退職願を提出して受理されています」

「それはまたあっさりやめたものだな、仕事のことと今回の過剰防衛は関係しているのか」

「仕事のこととは？」

「ほら、コロナに入ってからどこの病院も医療体制が逼迫しているというじゃないか。そういうこともあって、その柿沢って医師もストレスが爆発したのかと思ったんだよ。そうでないとケガさせるまでは殴らないだろ。全治一カ月となると相当だぞ」

「コロナが関係しているとは、僕も想像していませんでした」

前年の二〇一九年に中国で発生した新型コロナウイルスが今年に入り、世界中に感染が広がった。

日本でも一月中旬に一例目となる感染者が出たが、国内の広がり具合が海外ほどではなかったため、国民の多くは半信半疑だった。それが二月に横浜港に停泊するクルーズ船でクラスターが発生、多数の死者、感染者が出たことで日本中がパニックに陥った。

小中学校は一斉休校となり、緊急事態宣言が発出されて町から人が消えた。

感染者数は四月にピークとなり、六月の今は減少傾向だが、まだワクチンもできていないため、刑事も全員マスクを着用、取調べも机の真ん中にアクリル板を置くよう指導が出ている。

「新宿署が調べているだろうから、泉に連絡して乗り込もう」

「泉さんなら、部屋長が来る前に連絡しておきました。いつでも歓迎だと言ってくれましたよ」

泉というのは新宿署の刑事課長で、過去に信楽の下で二係捜査を担当している。

「それに新宿署の刑事が、柿沢に小深田亜理を知っているかと聞くと、明らかに顔色が変わって、素直に取調べに応じていたのが、そこから先は口数が減ったそうです」

「そこまで進めたのか。森内にしては仕事が早いな」

「こんな偶然、滅多にないですからね」

軽口が出たが、ただの偶然とは思っていない。

被疑者が隠している事件の全貌を様々な角度から疑い、すべてを暴き出して国民を安心させる、それが警察の役目なのだ。その国民にはもちろん、一人息子を失って悲しみに暮れる母親、小深田亜理も含まれる。

信楽が机の上を片付け始めた。きれい好きな信楽の出かける準備だ。

洸もパソコンをシャットダウンして、机の上のものを引き出しに入れた。

信楽の影響を受け、洸も無精な一面が解消され、結構几帳面になった。

それこそこの一年九カ月で信楽の仕事振りを見て学んだ一番のことだ。

細部にまで目を届かせなくてはならない二係捜査は、机に資料が散在しているような刑事では、小さな端緒を見逃してしまう。

新宿署の取調室をミラー越しに覗いた。

ここに来るまでに、中学の同級生の子供を殺害するような男は、嫌われながらも付きまとった風采が上がらない男だろうと、洸は勝手に想像していた。

ところが二人の刑事から取調べを受ける男は、さらさらの髪を清潔に整え、背がスラリとしたイケメンだった。

「美男美女か」

隣から信楽が呟いた。美女と言ったのは、写真で見た飛翔ちゃんの母親のことだ。小深田亜理も美しい容姿をしていた。

「ずっと素直に供述していたんですけどね。それが今朝、森内くんから聞いた三歳児の母親の名前を出した途端に急にだんまりです」

泉課長が顔を歪めた。泉は頭が切れるやり手の刑事課長だと、洸は所轄にいた頃から知っている。

「逮捕容疑についてはあらかた調べは終わっているのか？」

信楽は、髭の剃り残しもない顎を触りながら尋ねた。

「中にいる熊野と阿部という二人が、逮捕時から調べていますが、昨日までにいつでも起訴できる段階まで調べを終えています。二十代の大学生、といってもこいつは大学にも通わず、バイトでホストをしていた、髪を金髪にしたチンピラみたいな男ですが、その男が五十代の男性に肩がぶつかって、治療費を出せと脅しているのを見て、柿沢が止めに入りました」

「止めに入って暴力か。他に方法はなかったのか」

「緊急事態宣言は解除されましたが、繁華街に人は戻っておらず、夜十一時の時間帯はほとんど人はいなかったため自分で対抗するしかなかったようです。最初はチンピラ大学生が医師に絡んで、柿沢は何発か殴られています」

「そこから反撃したってことか」

「最初に絡まれた五十代男性によると、いきなり柿沢が顔面にパンチを浴びせて、大学生が膝をつくと、そこからは柿沢はうぉーと唸り声をあげて、大学生に馬乗りになり、殴り続けたそうです。たまたま近所に住む寿司職人が騒ぎを聞いて柿沢を止めましたが、そうでなければ全治一ヵ月では済まなかったかもしれません」

信楽はもう一度、熊野刑事から取調べを受ける柿沢を見た。

「そんな凶暴な男には見えないけどな」

「寿司職人によると、柿沢は興奮状態で、柿沢が一方的に暴力を振るっていると勘違いしたそうですから」

「馬乗りになってこの野郎と叫んでいたら、そう思うわな」

「はい、警察官が、相手が死ぬ可能性だってあったんだと諭したら、それは分かっていましたと答えました。そこまでいくと、我々も正当防衛では済ませられないと判断しました」

信楽は顎に手を当てて泉の説明を聞いていた。なにか疑問を覚えている。洸もまた同様だ。

信楽がおそらく納得がいかないのは、柿沢が本当に男児の行方不明に関与したのか、ということだろう。

通常、犯罪を隠蔽している者は、指紋やDNAを警察に採取されないよう慎重に行動する。

それを柿沢は人助けして、反撃したまでは致し方ないにしても、死ぬ可能性があると分かっていましたと答えた。まるで自分から逮捕されたようなものだ。

「ところで柿沢はなぜそんな遅い時間に、人通りのない道を歩いていたんだ」

信楽が尋ねる。

「彼が勤務する新宿記念病院が近くにあるんです。柿沢は毎日、十一時くらいまで勤務し、そこから新大久保駅に出て、目黒にあるマンションに帰る毎日だそうです。ちなみに柿沢は離婚して独り身です」

「十一時まで働いていたのは、コロナが関係しているのか」

「そう思ったんですけど、病院に問い合わせると、柿沢は内科医ですが、一般外来は担当していません」

泉は手帳を見ながら補足した。柿沢の専門は消化器内科と呼ばれて、食道から胃、小腸、大腸といった消化管に加えて、胆嚢や膵臓、肝臓までを診る。手術も担当していたそうだ。

「手術って外科がやるんじゃないのか。体を切るのが外科だと」

「元々は内科は薬で治す、外科は手術をするという区分けがあるようですが、今はその境界線はあやふやになっていて、内科医でもカテーテル治療をやり、感覚や価値観は外科医と変わらないとのことです。それに内科、外科と区別されても研修医まではすべての部門を経験しますからね」

「そんな重要な仕事を任されていた医者が、どうしてこんな騒ぎを起こしたんだろうな。今はどこの病院も猫の手も借りたいほど忙しいんだろ」

「柿沢は少々、メンタルを崩していたというのが新宿記念病院の関係者の話です。記念病院に勤務したのは一年半ほど前からですが、その頃からあまり喋らず、鬱病ではないかと疑ったこともあると」

「それまではどこにいたんだ」

「近本アーバンクリニックです」

「それって麻布十番にある病院ではないですか」

二人の会話を聞いていた洸が、口を出した。

「そうだよ、森内くん。金持ち向けの高級クリニックだ。柿沢はその病院の娘婿だったんだ。どうして知ってるんだ」

「所轄にいた頃、傷害事件の被疑者の自宅が麻布十番にあって、逃げて車にぶつかったんです。ぶつかったといってもドアミラーに手をぶつけた程度なんですが、救急車を呼ぶか、このまま署に連行するか迷いまして。するとタイミングよく、目の前の病院から医師が出てきて、骨折もしていないし、応急措置をすれば大丈夫だと、院内で治療をしてくれました。病院とは思えない豪華な施設だったのでよく覚えています」

ただし応対してくれたのは年配の病院長だったので、柿沢ではない。

「離婚したのはいつだ」

信楽が確認する。

「去年の一月です」

飛翔ちゃんがいなくなる三ヵ月前だ。

「離婚理由まではさすがにまだ調べていないよな」

「そこはまだです。ですけど、なぜ死ぬかもしれないのが分かっていて殴ったのかの理由の一つに、うちの熊野が離婚して高級クリニックを追い出されたのが関係しているのかと聞いたら、そうですと答えました。ですので離婚も今回の事件と多少なりとも関係はあるかと」

しばらくすると、取調室で記録をしていた阿部が調書を閉じ、柿沢の正面に座る熊野が席を立った。

午前中の取調べを終え休憩時間にしたようだ。

以前なら朝から夜までぶっ通しで取調べをしていたが、今は法務省、ひいては人権団体からの要望があって、長時間の取調べはできなくなった。

心身ともに疲弊して、やってもいない事件をやったと供述した冤罪事件が、過去にいくつかあった。

だが解決した事件の中には、被疑者をギリギリまで追い込み、どうにか自白させたものもある。

取調べというものは刑事と被疑者の駆け引きだ。お互いが本音を隠しながら、精神のギリギリをせめぎ合う。

今の取調べでは間違いなく冤罪事件は減る。同時に解決できる事件が無罪放免で終わってしまう確率は確実に増える。

信楽の取調べは手を出すことはないし、声を張り上げたり、机を叩いたり、椅子を倒したりと威嚇することは皆無だ。

ただ被疑者の顔をじっと見続け、無言の圧を加える。安心させないため雑談もしない。多弁ではないが、時には嘘のストーリーを作って、被疑者を追いつめたり、油断させたりする。

こうした捜査も、被疑者は精神的な苦痛を受けており、暴力と相当な違法捜査だと近い将来には弁護士から抗議が出るだろう。

新しい科学捜査が生まれて犯人の特定方法は広がったが、証拠も目撃者もいない二係捜査のような事案は、ますます解決が難しくなっていく。

「あっ、信楽さん、どうもお疲れさまです」

取調室から刑事部屋に戻ってきた熊野が信楽に挨拶した。

「久しぶりだね、熊野さん。厳しい泉の下で大変じゃないか」

「やめてくださいよ、部屋長、こんな優しい刑事課長はいないのに」

泉が苦笑いで否定する。

四十代半ばの熊野は丸刈りで顔はごつごつしていて、昔ながらの鬼刑事の雰囲気を持つ。

「こいつが阿部です」

熊野が後ろの阿部を信楽に紹介する。対して阿部は三十歳ちょっと。今風の軟らかい印象を抱く。

「よろしくお願いします」

「二係捜査の信楽さんと、森内くんだ」

泉が、洸たちを紹介した。

「はじめまして熊野さん、森内洸です。阿部さん、ご無沙汰(ぶさた)しております」

「なんだ、阿部と森内くんは知り合いだったのか」と泉。

「はい、自分が池上(いけがみ)署にいた時、大森(おおもり)署にいた森内くんと、一緒にマル被捜しをしたことがあります」

「まだ刑事になったばかりだったので、阿部さんにはご迷惑をおかけしました」

両方の管轄で連続して起きた通り魔事件の犯人を追いかけた時に一緒になった。刑事の捜査方法の基本を知らずに右も左も分からなかった洸に、阿部は苛立(いらだ)つこともなく丁寧に教えてくれた。過去に接した先輩刑事でも、とりわけ優しく親切だった。

「部屋長、本来なら熊野と阿部には傷害致傷の容疑を固めて、部屋長と森内くんにバトンタッチするのが流れですが、二人にもいい勉強になりますので、捜査に参加させてもらえませんか」

「こっちは人が増えてありがたいけど、そっちは大丈夫なのか、他にも事件を抱えているんだろ」

「新宿署は人員もよそより多いですし、彼らをはじめ優秀な人材が多くいますので問題なくこなせます。二係捜査を経験する機会なんて滅多にないですから」

泉は信楽の下に三年三ヵ月いて解決したのは三件だったと聞いたことがある。事件化されることすら稀有(けう)だ。

スマートな顔をした阿部は好意的に受け取っているように見えたが、熊野は顔を歪(ゆが)め、不満を滲(にじ)ませていた。いくつもの事件を解決したプライドがあるのに、いい勉強になると言われたのが、納得がいかないのだろう。

にもかかわらず泉は、熊野の誇りを挫(くじ)くようなことを言う。

「熊野はやり手なんですけど、どうも我慢が足りなくて。私も毎回、ヒヤヒヤし通しなんです。部屋長の粘りのある捜査を教えてやってください」

「大丈夫ですよ、課長。俺もいろいろ反省しているし」

「なに言ってるんだ。今日だって柿沢がなにも答えないことに苛々して、何度か声を荒らげてたじゃないか。あれほど動じるなと言ってるのに、完全にマル被に呑(の)まれている」

「すみません」

強そうな顔つきの熊野も、泉には頭が上がらないようだ。泉からは、リーダーとしてのオーラのようなものが醸し出されていて、それが貫禄(かんろく)となって現れている。

今は大声を出して威張り散らす上司は薄っぺらくて、上にアピールしているだけだと部下に見られる。

逆にあまり感情の変化のない人の方が怒った時の怖さを想像するし、部下は上司がなにを考えているのか、先回りして考えるようになる。

無表情で寡言な信楽もその部類に入る。

信楽がなにを怪しんでいるのか、信楽ならこうした時はどうするのか、洸はこの一年九ヵ月の間に常日頃から考えるようになった。

まだまだ経験不足の半人前の刑事だが、少しずつではあるが信楽のやり方が見えるようになった。それが今回の端緒の発見にも結び付いたと思っている。

泉のスマホが鳴った。

「さっそく、世田谷に聞き込みに出した捜査員がなにかを摑んできたかな」

そう独り言ちてからスマホの通話ボタンを押す。世田谷というから、去年の四月まで小深田亜理が離婚した夫と住んでいた場所だ。

「なんだって、それって本当か」

泉の声が上ずった。

「ちょっと待ってくれ、みんな揃ってるからスピーカーにする」

泉は信楽に向かって、「近くに住む主婦に柿沢孝洋の写真を見せたところ、去年の一月の中頃、国道２４６号沿いのファミレスに小深田亜理といるのを見たことがあると話したそうです」と伝えた。

「まじですか」

熊野が声をあげる。洸も驚愕（きょうがく）した。

飛翔ちゃんの行方不明届などすべてのデータに目を通したが、そこに柿沢孝洋などという名前は一切なかった。

「スピーカーにした、続けてくれ」

〈はい、主婦、といってもその女性は五十代で孫がいますが、その日は娘と孫と三人でファミレスにいた。食事中に、奥のテーブルに小深田亜理が男と一緒にいるのを見かけたそうです〉

「小深田亜理で間違いないんだな」

〈同じ町内会だから何回か話した、なので間違えるはずはないと言っています〉

「その女性、子供が去年四月にいなくなったのは知ってるよな」

〈もちろんです。なんでそんな山奥に引っ越したんだろう、近くに川があるところなんかに引っ越さなければよかったのにと、行方不明のニュースを知った時は同情したそうです〉

「それなのに男と会っていたことを、なぜ今まで警察に話さなかったんだ。事件性を疑う報道もあったよな。まるで母親の犯行かのように勘繰って書いた」

〈一緒にいたのは小深田亜理の夫だと思ったそうです〉

「その場に子供はいなかったんだろ？　三歳の子供を置いて夫とファミレスで食事をするか？」

〈おしゃべりな女性なので私もそのあたりは適当なことを並べているのではないかと疑いながら聞いていました。小深田亜理の前夫が、別居していた事情を主婦は知らなかったし、夫の顔も見たことがない。だけど結婚してんだから一緒にいるのは旦那さんだと思うじゃない、と当たり前のように言われました〉

「それが今は柿沢孝洋だと証言しているのか。一年以上前の、知らない男の顔まで覚えているか？」

〈あれだけきれいな奥さんだから、当然旦那も素敵なんだなと納得したとか。後付けで言ってるんじゃないかと怪しみ、本当に柿沢だったか、何度も写真を見せて訊き質しましたが、好きな役者に似ているので間違いないと言うものでして〉

「美男美女のおかげだな」

泉の隣で信楽が呟いた。目立つという意味だろう。確かに二人が一緒なら目に留まりやすい。

〈それに主婦の目には小深田亜理が泣いているようにも見えたと話していました〉

「泣いているって、どういうことだ」

〈涙を拭いていたみたいだって。そう見えたのは娘と孫も食事を終えて帰るところだったので、詳しくは分からないと〉

「分かった、他にも目撃者がいないか、探ってくれ」

泉は電話を切ると、「阿部、あきる野にいった中山たちにも目撃談がないか聞いてくれないか。二人がこそこそ会う関係だとしたら、子供がいなくなってからも会ってる可能性はある」と伝える。

「ラブホテルも当たった方がいいかもな」

信楽が言った時には、泉も「密会できる場所はしらみつぶしに当たるように」と指示を出していた。

信楽の考えそうなことは泉も分かっている。泉は洸よりはるかに二係捜査の理解度が高い。端緒を見つけたことに、信楽のやり方が見えるようになったと一人悦に入っていた洸は、まだまだ足りないと猛省した。

「よし、じゃあ、今の件、午後に柿沢に当てるか」

熊野が阿部に言った。

「そうしましょう」

「いいですよね、課長」

熊野に確認され、泉は信楽を見た。少ない切り札をどう使うか、そればかりは信楽が権限を握っている。

「ここまで充分な端緒があれば当然、ぶつけた方がいい」

信楽は泉、熊野、阿部の順に顔を見て、許可を与えた。

信楽の指示で午後の取調べも熊野と阿部が入った。

洸は引き続き、信楽と一緒にマジックミラーから観察している。急に取調官が変わると、柿沢に表情の変化が出たとしても、訊いた内容からなのか、取調官が変わったせいなのか判別がつかない、信楽はそう言っていた。

熊野が目撃談を話すと、血が引くように柿沢の顔が蒼ざめていった。

それだけでも充分な手応えだ。

そればかりかしばしの沈黙の後、薄い唇を結んでいた柿沢は急に喋り始めた。

「はい、その通りです。亜理さんと何度か会ったことがあります」

「会ったっていつからですか」

熊野が確認する。

「最初に会ったのは一年半前の年末です。新宿の地下街で見かけ、あっと声を出したんです。私は覚えていましたが、亜理さんは覚えていないようでした」

「どうして小深田さんは覚えていなかったんですか」

「大阪の頃の私は目立たない生徒だったからです。亜理さんは小学校から人気があって、たぶん中学では知らない生徒はいなかったと思います。それくらい有名でしたから」

好きな役者に似ていると証言された柿沢が目立たない生徒だったというのは意外だが、役者やモデルなど華がある人でさえ、学生時代は目立たなかったという人がいるから、なにも珍しいことではない。

「だとしたら小深田亜理も変わっていたんじゃないですか。あなたが知っているのは中学生だった彼女でしょ。二十年近く経ってるじゃないですか」

「忘れるわけないじゃないですか」

問い詰める熊野に、柿沢の声が震えた。

「どうしてそう言い切れるんです」

「それは私が、亜理さんのことをずっと好きだったからです」

今度は涙声が混じった。演技なのか洸も注視する。目はうっすらと滲んでいた。

その後のことについて柿沢は説明を続けた。

中学で同級生だったことを説明すると、小深田亜理も思い出してくれた。懐かしさから柿沢がお茶に誘い、新宿のフルーツパーラーに入った。

自分にとって好きだが絶対に手が届かない存在だった亜理に対して、緊張してあまりうまく喋れなかった。それでもどうにか医者になったことなどを伝えた。

一時間ほど話して、子供を預けているので帰らなくてはと亜理が言った。そこで初めて亜理が結婚していることを知った。

ショックだったが、当時は自分も既婚だったので、この歳なら当然だろうと頭を切り替え、別れ際にメールアドレスを教えてもらった。

その後、何度かメールのやり取りをした。亜理は夫とうまくいっていないようで、そうした愚痴を書いてくることが多かった。

メール交換していくうちに、どうしても会いたくなり、亜理の家の近くのファミレスでお茶をした。それが主婦に目撃された一月中旬で、その日も亜理は息子を託児所に預けて来た……。

「会った場所はファミレスだけですか」

しばらくの間、柿沢の説明を聞いていた熊野が問い質す。

「どういうことですか」

「お茶だけで終わったのですかと聞いているんです。好きな女性だったらその後、別の場所に移動しようとするでしょ、男女が二人だけになれる」

「そんなことしませんよ。亜理さんは既婚者だし」

「既婚者なら、普通はお茶だって誘わないでしょう。率直に聞きます。肉体関係はありましたか」

「まさか、ないです」

柿沢は首を左右に振って否定する。飛沫（しぶき）が飛び散るほど顔は汗だくになっている。

「本当ですか、調べたらすぐにバレますよ」

ラブホテルの一部は、車から直接部屋に行け、機械で精算できるなど非対面のものもある。そうしたホテルでもビデオを提出してもらうなり、清掃員に聞くなりして徹底して調べる。小深田亜理と柿沢なら、信楽が言ったように否応（いやおう）なしに目についたはずだ。

「ファミレスで会った後、彼女とはどうなりましたか」

「急に亜理さんからこれ以上は会えないとメールで言われました」

「どうして」

「それはさっき、刑事さんが言った通りです」

「言った通りとは？」

「亜理さんには夫がいたからです」

「その夫とうまくいっていなかった、その愚痴をメールでよく聞いた。あなたはそう話したじゃないですか。そこまで聞けば、夫がいるからとメールに書かれてあったくらいでは諦めないでしょう」

　少しの間が生じてから柿沢は口を開いた。

「息子さんが落ち着きがなくて、じっとしていなさいと言ってもそれができない、注意欠如・多動症ではないかと亜理さんは悩んでいました、ですけど学童期では全体の子供の三〜七パーセントがＡＤＨＤに該当すると言われていて、十二歳を過ぎたら全体の二・五パーセントまで減るというデータが出ています。今は気が散りにくいような環境に整えてあげて、教えることを小分けにする、頭がいっぱいだなと思ったら休憩を挟んであげる、医者に相談するのはもう少し先でもいいのではないかと返事を書きました」

「あなたも医師だから、そうしたアドバイスをしたのですね。そうしたら彼女はどう返してきたんですか」

「それが……」

「やはり会えないと言われたのですか」

熊野が訊いたところで、柿沢は頷くこともなければ否定もしなかった。記録していた阿部が口を挿む。

「ＡＤＨＤの話もメールでされたのですか」

さすがの指摘だと洸は阿部に感心した。子供の成長にかかわる内容を、ただの同級生には話さないだろう。話しているとしたら二人がもっと深い関係であった時、それこそ将来、一緒になりたいと思うほどの……。

「二度目にファミレスで会った時に聞きました」

「なんだ、ほかにも会ってるんじゃないか」

熊野が口を尖らせる。

「すみません」

「それはいつ？」

「三月に入ってからです」

「そこではどんな話を」

「やはり会えないと言われました」

「そう言われてあなたは納得したのですか？　あなたも一月に離婚してますよね。あなたは先に彼女が離婚する予定を聞いていて、自分も別れれば小深田さんと再婚できると思ったんじゃないですか。自分にチャンスが巡ってきたと」

「そんなことは思ってません、私は亜理さんが別居していたことも知らなかったですから。それに……」

そこで一度口を噤(つぐ)んだ。

「それになんですか？」

「私が美織と離婚したのは、彼女とは無関係です」

そこはきっぱりと言った。別れた妻の名前を洸は手帳にメモする。

「無関係？　本当ですかね」熊野は苦笑いを浮かべる。

「亜理さんの離婚も、私とは関係ないです」

「どうして無関係と言えるんですか。あなたは小深田さんが別居していたことも知らなかった、そう話したばかりじゃないですか」

熊野が矛盾点を追及する。

小深田亜理は、子供が落ち着きがないという悩みは柿沢に話した。それなのに別居していたことも伝えていない。

普通は考えられないが、そのケースが当て嵌(は)まるとしたら彼女はこれ以上、柿沢に付きまとって欲しくないと考えた時だ。

愚痴を聞いてもらったり、子供の相談をしたりしたくらいだから、小深田亜理は柿沢に対し、悪い印象はなかったのだろう。だが離婚しても柿沢と交際する気にはなれなかった。柿沢の容姿や職業が申し分ないものだったとしても、性格的に合わないと感じたのかもしれない。結婚生活に疲れた女性がしばらく一人でいたいと考えることは、なにも不思議ではない。

「本当にあなたは小深田さん夫婦のことをなにも知らなかったのですか。小深田さんは半年近く別居しています。合計三回も会って、メールのやりとりをしていれば、旦那が家にいないことくらいは知るでしょう」

急に柿沢は答えなくなった。

「小深田さんは離婚が成立した直後に、世田谷から遠く離れたあきる野市に引っ越した。そのことをあなたは聞いてましたか」

熊野の質問がいよいよ核心に近づいた。

「あきる野市の小深田さん宅に、あなたは行ったことがありますか」

「…………」

うなだれたまま一切、答えない。

「あなたは小深田さんから、子供が病気だから会えないと断られた。だったら子供がいなくなればいいと思ったんじゃないですか」

「まずいな」

そう呟いたのは信楽だった。

被疑者に答えさせなくてはならない内容だ。動機の供述も大事な証拠になる。

「ここに小深田さんを呼んで聞いてもいいんですよ」

これこそ、脅して自供を強要したと公判で指摘されかねない。

「止めてきます」

泉が部屋を出ようとした。そこで黙していた柿沢が顔を上げた。

「刑事さんの言う通りです。飛翔ちゃんがいなくなれば亜理さんと会えるものだと思い、私が飛翔ちゃんを殺しました」

拍子抜けするほどあっさりと、柿沢孝洋は殺害を自供したのだった。

3

捜査一課担当のやり手の事件記者に、向田瑠璃（むかいだるり）は完全に飲み込まれていた。

この春、中国から欧米に広がっていた新型ウイルスの感染者が国内でも急増、七月に予定されていたオリンピックの一年延期が決まった。

新聞社もこれまでの常識が通じなくなり、国や都からは各新聞社にもテレワークを推奨された。

社会部の事件記者などはさすがに在宅というわけにはいかないが、瑠璃が所属する調査報道班は、資料集めなどは自宅でもできるため、蛯原（えびはら）社会部長から「在宅でやってくれるか。出社する割合を人事に報告しなくてはならないんだ」と言われ、テレワークが多くなった。

最初のうちは感染するのは高齢者と基礎疾患のある者だけと高を括（くく）っていた記者たち

も、死者数が増えることで次第に慌て始め、会社でも編集局内に入る時には必ず消毒して、仕事中でもマスクをするようになったとか。

　そうした情報は去年まで警視庁の捜査一課担当のリーダーを任され、社会部では一番親切にしてくれる先輩の藤瀬祐里から電話やLINEで聞いた。

　今は厚労省担当になった藤瀬は、感染をどうやって防ぐか、ワクチンの開発など、警察担当時代以上に忙しなく動いている。テレワークどころか、休みも飛んでいるに違いない。

　防疫対策をしていないのに日本人の感染者数がまだそれほど多くなく、「日本人は感染しにくいのではないか」と誤った情報が飛び交っていた頃、藤瀬からはこんなことを言われた。

　──コロナ前に私たちが見てきた光景がガラリと変わって、これからは別の世界になるんじゃないかなって思うんだよね。

　確かにたまの出勤で外出すると、全員がマスクをしている。スポーツやコンサートは軒並み中止、いずれは再開されるだろうが、昔のように集まって大声援を送るスタイルはなくなるかもしれない。

　ただ藤瀬が言った景色が変わるというのはそうした具体的なことではなく、人間の考え方までが変わるという意味だと、瑠璃は解釈した。

　そう思っていると早速、身近で変化が起きた。

藤瀬が抜けた警視庁捜査一課担当は六年目の中野（なかの）が「仕切り」というリーダー役、瑠璃と同期の小幡（こはた）が二番手、そして一つ下に支局から戻ってきたばかりの男性記者が三番手をやっていたが、その男性記者が「人生観が変わりました」と突然、会社をやめたのだ。

そういうケースは他部でもあるらしく、ただでさえ他紙より人数が少ない中央新聞は、どこにどの記者を配置するかなど、大混乱に陥った。

これが他の仕事なら、人類が滅びる未曾有（みぞう）の危機になると自分の人生を鑑（かんが）みて、好きなことをやればいい。だが自分たち報道者がそう思うのは、今ではない。

非常事態宣言が出て、不要不急の外出が制限されても、マスコミは取材して回ることができるのだ。感染現場にも、医療の最前線にも行け、人々がどう苦しめられ、医療従事者がいかに命がけで戦っているかを見聞できる。医師や看護師ほど国民から必要とされているわけではないが、今この仕事から逃げ出してはいけないという使命感は、記者向きではないと自己分析する瑠璃でも持っている。

記者としての自覚が出てきたことが会社に伝わったわけではないだろうが、蛯原社会部長から、思わぬ仕事を言い渡された。

――向田さん、大変申し訳ないけど、新入りがやめた警視庁の一課担当をやってくれないか。今、厚労省に回している記者を、コロナが一段落したら一課担当にするつもりなので、期間は三カ月限定で構わないから。

さすがにすぐに返事はできなかった。事件取材は支局でやったが、他社に先駆けて特ダネを書くという仕事は、自分には向いていない。

それなのに相談した調査報道班の二人の先輩、那智紀政、滝谷亮平からは「いい経験だから、向田さんはやった方がいいと思う」と賛成された。

――俺が今の向田さんの年齢、二十代後半にやったのは検察担当で、警視庁とは微妙に違うけど、検事に取材してじっくり話を聞いた経験が、今の調査報道の仕事に結びついているから。

そう言った那智は、かつて「調査報道の中央」と呼ばれた看板を、ここ数年大きなニュースを抜いて復活させた今や社会部のエースだ。

――そうだよ、記者としてだけでなく、事件を知ることは瑠璃ちゃんの人生にとってもいろいろ学べると思うよ。警視庁だって、案外、楽勝だって。

真面目な那智と対照的に、チャラい印象の滝谷が得意の調子で言った。

――滝谷さんだって警察取材をやったことないじゃないですか。

滝谷は週刊誌からの転職組だ。

――僕は週刊誌にいた時に刑事の家を回ったよ。

――それなら私だって千葉支局で刑事宅を夜回りしましたよ。

――蛯原部長が瑠璃ちゃんを選んだのは、僕なんかより、瑠璃ちゃんの方が会社の未来に大事だと思ったからだよ。僕は一人でやる仕事が好きだから、組織のリーダー役は向いてないからね。

ナルシスト全開でキザな言い方をする滝谷だが、この人が言うとなぜか腹が立たない。

大変な重責を任されたと瑠璃はため息をついたが、自分にお鉢が回ってきたのは、この年代の記者が社会部に他にいないからだ。いくら有能でも三十代中盤にさしかかる那智や滝谷が三番手に入ったら、年下の中野と小幡はやりにくい。

蛯原部長も瑠璃が不向きだと分かっているから、三カ月と期限を切ってくれたのだろう。

それでも町中から人が消え、満員電車ががらがらになるほど人の生活を変えたこのウイルスが、たった三カ月で終息して、厚労省担当の記者が配置換えになるとは、とても思えないのだが。

警視庁担当になる部内異動があったのが五月半ばだからおよそ半月前。警視庁でも広報部から新聞各社に夜回りは控えるようにと通達が出て、会見はリモートで行われることが増えた。

瑠璃は捜査一課の管理官数人に挨拶がてら取材して回ったが、とくに大きな事件もなく半月は過ぎた。

ところが今朝、ライバル紙の一つである東洋新聞に、スクープ記事が載った。

傷害容疑で逮捕の男

行方不明幼児の殺害自供

仕切りの中野からも電話があった。

——向田さん、東洋新聞が書いた幼児は、去年、あきる野市でいなくなった三歳児だと判明してるだけで、どの警察署がどの容疑者を自供させたのかもまだ分かっていないんだ。このままだと夕刊で続報を抜かれるから、大至急探ってくれるか。

——分かりました。できる限りのことはやってみます。

顔だけ洗い、顔と名前を憶(おぼ)えてもらったばかりの管理官のもとに取材に向かう。

その管理官も新聞記事は初耳だ、東洋新聞がどの被疑者を指しているのかは見当もつかないと、小首を傾げていた。

午前中、捜査一課担当三人で手分けして取材したが、夕刊の締め切りまで情報は取れなかった。

すると東洋新聞の夕刊に続報が出た。

警視庁が品川区の公園を捜索

その夕刊記事に、記者クラブは騒然としたが、中野は釈然としない顔をしていた。

——どうしたんですか、中野さん。

――うん、前に藤瀬さんから聞いたんだけど、こういう穴掘り事件の二発目は遺体発見であって、遺棄した場所を供述しただけでは普通は記事にしないはずなんだよ。

――どうしてですか。

――もし出てこなかったら新聞社もそうだし、捜索した警察にとっても恥になるじゃないか。藤瀬さんは遺体が出てきても、「鑑識の鑑定が出るまでは分からないです」とデスクに言って、記事にしなかったくらいだから。

さすが藤瀬だと思った。特ダネに前のめりになっている新聞記者は時に思い込みで誤報を打つ。遺棄したと自供しても、そこから出てきたのは別人の白骨化した遺体だということもある。

――東洋新聞はなぜこの段階で書いたんですかね。

――それだけ自信があるってことじゃないかな。

その後、中野と小幡が品川区にある大井埠頭近くの公園に向かった。公園の一角にテントが張られ、たくさんの警察官がいて殺気立っていたそうだ。中野からは〈出てきた刑事に聞いたけど、誰も答えてくれない〉と連絡を受けた。

記者クラブで待機していた瑠璃に、会見が行われると連絡があったのは初夏の長い日が沈んだ午後七時になってからだ。

会見が行われると言うことは、遺体が出てそれが飛翔ちゃんだと鑑定が出たのだろう。

予定時刻より三十分過ぎて会見室に現れたのは、捜査一課長ではなく、広報課員だった。

「本日、品川区の公園を捜索しましたが、とくに発表すべきことはありません」

広報課員の発表に、記者からは驚愕の声があがった。

「どういうことですか、遺体は出なかったということですか」

「警察はそうした疑いについて、これまでも一切、発表しておりません」

「発見できなかったということですね」

「ですからなにも発表できることはありません」

「東洋新聞には殺害を自供と出ていたじゃないですか。そうなるとその公園に埋めたと供述したってことでしょ？」

「その記事についても捜査一課は認めていません」

「一課は被疑者に嘘をつかれたのですか」

他の記者も食い下がる。

「ですから警察はなにも言っておりません。以上です」

広報課員は引き揚げていった。

端の席でレコーダーを出していた瑠璃も途方に暮れた。

警察が一日かけて捜索したということは被疑者が殺害を自供したからだろう。

被疑者を現場に連行し、どこに埋めたか聞いた。そこまでして遺体が出てこないことなどあるのか。

まだ捜査一課担当になって半月の瑠璃だが、これは調査報道で経験したのと同じくらい、難解な事件になる予感がした。

4

「いったい、どういうことなんだよ、柿沢」

取調べをする熊野の口調も荒くなる。

「おまえがあの公園に埋めたと言ったから、俺たちは一日がかりで捜索したんだぞ。それを到着した途端、まったく覚えていないとしらを切りやがって」

「熊野さん、落ち着いてください」

阿部が熊野の真後ろに立ってフォローしている。そうでもしないと頭に血が上った熊野が今にも手を出しそうだ。

「完全に黙秘してしまいましたね」

マジックミラーの窓から取調べを観察していた洸が言うと、同じ窓から眺めていた信楽と泉が同時に苦い顔をした。

小深田飛翔を殺した――そう供述した柿沢は、子供のせいで恋焦がれていた小深田亜理と会えなくなった、実際はあきる野市に引っ越した時点で小深田亜理は夫と離婚していたが、自分は離婚したのに、彼女が離婚しないのは子供のせいだ、だから子供がいなくなれば亜理と一緒になれる……そう殺害動機を述べた。

取調べで気になったのは、小深田亜理が世田谷からあきる野に引っ越したことを柿沢がなぜ知っていたかだが、その点についても柿沢は納得のいく供述をした。

子育てをしながらWEBデザインの仕事をしていた亜理は、コロナ前から在宅ワークだった。自宅は近くを国道246号線と首都高速が走り、空気が悪い。それなら以前に行ったことがある秋川渓谷の近くに住みたいと、飛翔と撮った写真を見せて柿沢に話したらしい。

なにも胸騒ぎがしたわけではなく、ただ単に亜理に会いたいという思いで、四月十日午前、BMWで世田谷に向かった。

自宅前にトラックが泊まっていて、引っ越しの最中だったことに、柿沢はショックを受けた。彼女がなにも言わずに自分から逃げようとしている、そう察して、車でトラックを追走した。

引っ越し先はやはり、亜理が住みたいと話していたあきる野市秋川だった。その日は一度引き揚げたが、翌日、仕事を休んで秋川に行く。亜理にどうして自分に黙って引っ越したのか問い詰めるつもりだった。

だが到着してから、なぜ引っ越し先を知ったのかを聞かれ、トラックを尾行したことが知られれば引かれるのではないかと考え始めた。亜理との関係を維持するにはどうすべきか思案に暮れていたところ、開けっ放しになっていた玄関から亜理の息子が一人で出てきた。

柿沢は急いで車を降り、飛翔ちゃんを抱えて車に戻った。車に乗せたところで飛翔ちゃんは泣き叫んだ。慌てて車を走らせたが、飛翔ちゃんが降りようと暴れ始めたので、小路に入って車を止め、口を押さえて抱え込んだ。おとなしくなった時には死んでいた……。

そこまでは普通に供述していた。ところがそこから先、急に口数が少なくなった。どこに遺棄したかはなかなか答えない。

大井埠頭近くにある公園が出てきたのは、失踪当日の四月十一日の深夜、公園付近で柿沢が乗っているのと同じ、グレーのＢＭＷを見たという目撃談を新宿署の捜査員が得たことが発端だ。

その付近に、柿沢は大阪に転校する前、小学二年生から五年生まで住んでいた。

熊野がその公園に埋めたのではないかと尋ねる。返事はしなかったが、柿沢は小さく頷いた。

そして昨日、早朝から新宿署の刑事課員、本庁鑑識課、地元大井署にも協力を得ての捜索をしたのだった。

洸も信楽とともに現場に向かったが、先に到着していた柿沢の様子がおかしい。

どこに埋めたのか覚えていないと言い出し、ようやく「このあたりです」と指差し、捜査員がスコップで土を掘り起こしたが、どこを掘っても遺体は出てこなかった。

信楽もまた、鑑識課員からスコップを借りて、地面を掘る。

――このあたりは土も硬い。仮に事件当夜に柿沢が来たとしても、埋められないと諦めたんじゃないか。

信楽がそう分析したことで、午後六時に撤収となった。テントの外には大勢の記者が集まっていた。ソーシャルディスタンスを理由に、捜査員は全員、記者とは接触せずに戻った。

「嘘の自供をして、彼にとってなんのメリットがあるんですかね。殺したと自白したけど、急に殺人犯になるのが怖くなったんでしょうか」

泉課長が信楽に尋ねる。洸にもその点が一番の謎だった。それほどこの捜査に精通しているわけでも多くのヤマを経験したわけでもないが、犯人心理を深掘りすれば、殺害を自供することの方が、遺棄現場を明かすことより決心がいる。

殺害は認めるが遺棄現場は明かさない、もしそうした人間がいたら、警察は遺体が出てこない限り、殺人での逮捕は難しいという、まさしく二係捜査の複雑な事情を知っている人間だ。取調べの間、ずっと俯いて、時折ぶるぶると震える柿沢が、そこまで小賢しいとは思えない。

「本当になにを考えているかよく分からないな。だからこういう捜査は新聞に漏らしたらいけないんだよ」

信楽が唇を嚙んだ。

「どうして漏れたんですかね」

洸が信楽に尋ねた。

二係捜査の情報漏れに信楽は敏感だ。信楽は以前、中央新聞の藤瀬記者に情報確認を頼んだことがある。それを仲介したのは洸だが、信楽からは、情報をもらっても交換条件には応じないと伝えさせられた。

泉が先に口を開く。

「うちの署長は口が軽いんで、探ったんですよ。もしかして夜回りの記者になにか言ってませんよね、って。署長は、記者は来たけど、誓って自分は漏らしていないと言いました」

「いや、記者に漏らしたのは捜査一課長だよ。江柄子が言っていたから間違いないよ」

江柄子とは捜査一課でナンバー2の理事官、二係捜査の理解者である。

「捜査一課長って記者との個別取材は一切応じないんじゃなかったでしたっけ？」

洸が訊き返した。そのことは藤瀬が話していた。一課長の官舎への取材も禁止、さらに毎日の会見でもみんな知っていることしか話さない。藤瀬は信楽を取材している方が何倍も、勉強になるとも言っていた。

「どうも東洋新聞に嫌なことを握られていたようだな」

「嫌なことってもしや七係の菅原の件ですか」

「よく知っているじゃないか、泉」

「私も長く一課にはいましたからね」

「菅原さんがどうかしたんですか」

菅原は野方署にいた時の洸の先輩だ。洸が捜査一課に来た早々に事件を解決したことに嫉妬していて、一度言い争いになった。それ以後は言葉を交わしていない。

「菅原が、DVで逮捕された男の妻と交際しているのを東洋新聞が摑んだんだ。妻への傷害事件は小岩署が処理して、一課は関係していない。それに夫が逮捕されて、妻はすぐに離婚届を出し、家裁も認めた」

「だとしたらなにが問題なんですか」

洸が尋ねる。

「夫は、菅原と妻との不貞行為の証拠を摑んだみたいだな。そして菅原が二人を別れさせるために、女房に何ヵ月も前のDVの被害届を出させ、自分を逮捕させたと。夫はそう新聞記者に訴えたみたいだ」

菅原ならそれくらいのことはやる。良くも悪くも熱くなると突っ走ってしまう人だ。

「東洋新聞がそのことをバーターに、捜査一課長から柿沢の飛翔ちゃん殺しの件と、遺棄現場を聞いたということですか？」

「江柄子はそうだと話していたよ。殺人も、どこに埋めたかなんて自供も、遺体があがらなきゃ簡単にひっくり返るのにな」

呆れながら言った信楽だが、内心は憤っている。新聞に書かれなければ、遺体が出てこなかったことが公にならずに済んだのだ。

一課長は、部下の不祥事を隠して自分の身を守ろうとしたがために、警視庁刑事部の大きな恥を晒したことになる。

「泉や新宿署には迷惑をかけたな、申し訳なかった」

「なにも一課長のミスを、部屋長が謝ることはないですよ。あの一課長、記者から嫌われ者で通っているんですから、どうせなら嫌われ者のまま最後までやり通せば良かったんですよ」

泉も呆れ返っていた。

「菅原さんはどうなるんですかね」

洸が信楽に尋ねる。

「監察が入って謹慎している。たぶん依願退職だろう」

菅原は短気で、粗い捜査ばかりしているのに、信楽のことを「薪割りしかできない」などとひどいことを言っていた。好きな先輩ではないが、警察をやめさせられるとなると同情する。

身内に甘いと言われる警察では、依願退職者の多くは、OBが再就職先を世話してくれるらしいが、刑事の仕事と比較したら遣り甲斐は雲泥の差だろう。

「それより一つ、疑問があるんだけど」

信楽が泉の顔を見る。

「なんですか、部屋長」

「母親の小深田亜理だけど、どうしていまだに離婚した夫の姓を名乗ってるんだ」

「私もそのことは謎に思っています。子供の行方不明者届の作成時に、福生署の捜査員が苗字は小深田でいいのかと確認したら、彼女はいいと答えました。その時は正式離婚したばかりだったので、子供が消えてそこまで余裕はないだろうと、夫の姓で作成したそうですが」

「それから一年以上経過しているだろ。彼女の旧姓ってなんて言うんだっけ？」

「それが複雑でして、誕生時は武田だったのですが、両親が離婚して、母親の旧姓の塚本になり、中学で母親が再婚して逸島になった。ですけど高校で再び両親が離婚したため、塚本に戻ったそうです」

泉は資料を見ながら説明した。

「何度も苗字が変わる人間がいるっていうけど、ここで塚本に戻すとなると五回目だな」

指を折って数えた洸より先に信楽が答えた。信楽が答えた通り、次に変えたら五回になる。

「子供が戻ってきた時のために、いなくなった時と同じ状態で待っていたいのですかね」

洸はそう言った。亡くなった子供の部屋をそのままにしておくのと同じで、家族の思いというのは、たとえ柿沢が殺しを自供した今でも、無事に帰ってきてほしいと願っている。

「そのあたりも本人に聞いてみる必要はあるな。小さなことだけど」

信楽は小さなことと言ったが、そうした見逃されがちな些細なことに端緒があるのが二係捜査だ。

熊野と阿部が刑事部屋に引き揚げてきた。

「ダメですね、どうやっても口を割りません」

「熊野、おまえが熱くなってどうするんだよ。押すばかりが調べじゃないことくらい、これまで散々経験してきただろ」

泉が叱責する。

「そうなんですけど、下手に出た末の大井埠頭近くの公園ですからね。あの男、気弱そうな振りをしているだけで、俺らのことを舐めてるんじゃないですかね。とんだ食わせ者ですよ」

一昨日に遺棄現場を認めさせた時は、熊野は「大好きな彼女が心配しているんですよ。早く彼女に坊やと会わせてやってあげたらどうですか」と丁寧に説得していた。

「確かにあの公園って、この一年で改修工事をしてるんですけどね」と阿部。

「改修したって、池や川など目印になる場所は変わってないだろ」

熊野が反論する。公園は緑豊かで、川や池があり、アーチ状の橋もあった。

「嘘をついていると言うより、なにか隠し事をしているのは事実だな」

信楽が腕組みをした。

「嘘も隠し事も同じじゃないですか」

「違うよ、熊野さん、嘘には理由がない時がある。だけども隠し事には必ず理由がある。柿沢があなたが言った食わせ者なら、嘘をついて楽しんでいるだけだ。だけども隠し事には必ず理由がある、その秘密をこちらが暴けば、隠せなくなる」

「理屈上ではそうですけど、なにを隠したいんですかね」

熊野は納得がいかないといった顔で聞き返した。

「それを調べるのがうちらの仕事じゃないか」

泉が注意すると、熊野はやや太り気味の体をすくめた。

「泉の言う通りだよ。こういう状況では取調べで追い込んでも、余計に頑なになるだけだから」

「遺体が出てこなければ逃げ切れる、そう思ったんじゃないですか」

話の切れ目に洸が口を挿んだ。

「それだったら簡単に殺しましたとは言わないと思うんだよな」

「確かに部屋長の言う通り、僕もあの自供には驚きました」

あの時点でなにか大きな証拠があったわけではない。新たに知られたのは小深田亜理と会ったことのみ。お茶をしただけで、それ以上の付き合いはない——そう言い続けていれば、逃げ切れていた。

「まずは周囲を当たろう。新宿署からは何人出せる？　厳しかったら一課から応援を呼ぶけど」

「いえ、部屋長、うちだけで大丈夫です。江柄子理事官にはご迷惑をかけたので」

遺体が出なかったことを泉は所轄の責任だと背負い込んだ。

ただし捜査一課長ではなく、江柄子の名前を出したのは、記者に漏らした一課長に対して泉も業腹なのだろう。

「森内と阿部さんとで組んで、小深田亜理と別れた夫を当たってくれないか。俺と熊野さんは、柿沢が勤務していた病院だ」

「ほかはどうしますか。世田谷とあきる野で聞き込みをしたうちの署員が二組いますが」

「彼らには引き続き、現場付近での柿沢の目撃談を探してくれるように頼んでほしい」

「柿沢だけでなく小深田亜理の目撃者も大事ですね」

「そうだな、柿沢一人では目に留まらなくても、女性が一緒だと目撃談は増えるだろうから」

そうしたことは洸も普段から感じている。妻の菜摘と歩いていると男性の視線が気になる。二度見されたり、早足で追い抜いてチラッと顔を確認したりする者もいる。

その一方で女性が男性の顔を窺ったり、二度見したりすることはあまりないらしい。

男女の性意識をテーマにしたセミナーでも、講師の女性は、男性が外見を重視するのに対し、女性の大半は好きになる感情が外見や評判より、内面的なこと、それもふとした優しさやかけられた言葉などに起因することが多いと、話していた。

男性のストーカー事件は、仕事で数回会った程度や近所でよく会う女性を勝手に恋人だと仮想して、あとを追いかけるケースが散見されるが、女性にそうした場当たり的なストーカーは少ない。

一方で、長く交際した相手、あるいは自分が支え続けてきた男性に冷たくされ、執着心を持ってストーカーになるケースが女性には多いらしい。

セミナーの講師は面白いことを言っていた。学生時代には席替えのたびに隣の子を好きになるのは圧倒的に男子が多い。

さらに男性社会に飛び込んだ少数の女子はちやほやされるが、女性の多い学校や会社の男子はあまりモテない。それは女性に圧倒されることもあるが、男性の方がなにごとにおいても意識過剰になるからだと。つまり席替えも同じで、男性の方が思い込みが激しく、それが恋愛感情に直結するということだ。

男性心理については洸も分かる。席替えで隣になった女子を好きになったことはないが、当たらずといえども遠からずだ。だが女性心理は裏付けがとれない。

そこで気になることは、妻の菜摘に「これって女性心理として正解かな」と確認する。その通りだと言われることもあれば、私には当て嵌まらないと違う意見を言われることもある。否定されればされたで、それもまた参考になる。

中学時代に好きだった女性と大人になって再会した男が、しつこく付きまとった末に子供を殺害した――今回の事件では、そうして学んだ知識が、なにかしらで活かされるような気がする。

5

白いダウンジャケットに、オレンジのマフラーを巻き、メイクも街で見かける女性よりも控えめ。待ち合わせたバッティングセンターの前に現れた亜理は、短めだった髪が肩まで伸びたくらいで、同じクラスだった中学二年生の時とほとんど変わっていないように見えた。

彼女はメッセージをやりとりした男が中学の同級生とは、気づいていなかった。

覚えていないのならそのまま通そうとしたが、ぎこちなく会話をしていると、「もしかして柿沢くん？」と立ち止まって彼女は固まった。

知り合いに援助交際をしていたことを知られ、逃げだされることも考えていた孝洋は、あらかじめ「俺も同じことをしてるんだから気にしないでよ」という言葉を用意していた。

ところが亜理が固まっていたのはものの数秒で、「何年振り？　中学校以来だから十二年振り？　ううん、十一年振りかぁ」と笑みが広がる。その笑顔は、すすけた歌舞伎町の景色が、一気に色付いたと感じるほど孝洋には眩しかった。

「ねぇ、逸島さん、お茶してもいいかな？」

孝洋が誘い、孝洋もよく利用する、出会い系で知り合った男女が待ち合わせをする喫茶店に入った。

隣には中年男性、反対側には大学生くらいの若い男、二人とも目にスマホを近づけて見ながら、ちらちらと亜理の顔を窺ってくる。

どんな関係なのか訝(いぶか)しんでいるようだったが、亜理が中学の話をし始めて同級生だと分かると、一旦(いったん)は見なくなった。

「柿沢くんはよくあのサイト利用するの？」

「いや、そんなことは」

「現れたのが私で、びっくりしたでしょ？」

訳ありなことを言ったせいで、耳をそばだてていた両隣の男性が再び亜理に目をやる。

「時間がもったいないから早く行こう」

亜理に引っ張られるように店を出て、目の前にあるホテルに入る。部屋を選択するパネルの前で「一番安い部屋でいいよ」と言った亜理が、自分よりはるかにこの手のホテルに入り慣れているのは明らかだった。

部屋に入ると、真っ先にソファーに腰かけた亜理から少し距離を開けて孝洋も座った。会話の間が持たなくて途中でビールでもないかと冷蔵庫を開けたが、中は空っぽだった。

「柿沢くんはカッコよくなったよね。最初は全然分からなかったよ」

「背が伸びたからかな」

「それだけじゃないよ。顔も細くなったし。声を聞かなければ思い出さなかったかもしれない」

「俺は逸島さんが、俺なんかを覚えててくれた方が驚いたわ」

「覚えてるに決まってるじゃない、私、柿沢くんのおかげで三年生になれたんだから」

期末テストで、解答を教えたことだとすぐに分かった。

「高校は？」

「行ったよ、私立だけど」

「そっか」

進学できない生徒もいたほど荒れた中学だったので、高校に行ったと聞き一安心する。

「逸島さんが努力して勉強を頑張ったんやね」

「そんな頭がいい学校ではなかったからね。それに私、もう逸島って苗字じゃないんだよ」

「そうなん」

「高校の時、お母さんが新しいお義父さんと別れたんだ。会社が倒産して、お義父さんは出ていって。それでお母さんに借金の取り立てが来たらまずいと、つぶれる前に離婚したの」

「塚本さんに戻ってたん？」

「そう、この苗字もあまり好きではないんだけど」

そこでふと気づいた。外見は中学の頃と変わらないのになにか違和感があると思っていたが、それは言葉遣いのせいだった。

孝洋が意識的に中学時代もあまり使わなかった大阪弁もどきで話しているのに、亜理は一切使わないのだ。

「柿沢くんは今、どんな仕事をしてるの」

どう答えようか迷っていると、亜理から先に自分のことを話し始めた。

高校を出て三年してから、東京に来て、ホームページなどを作るクリエイターの専門学校に通った。そうなると東京に出て五年になるから、その間に言葉遣いを直したのだろう。それなら無理に使うことはないと、孝洋も標準語で話すようにした。

これまでの出会い系で、職業を聞かれた時は普通の会社員と答えてきたが、亜理には正直に話そうと自分は医者になった、といってもまだ研修医で、川崎の病院で修業中だと説明する。

「すごいじゃない」亜理は感嘆した。

「柿沢くん、あの時に言ってた夢を叶えたんだね」

「逸島さん、いや塚本さんは俺がその話をしたのを覚えていてくれたの？」

「当然じゃない。初めて柿沢くんとたくさん話した日に教えてくれたんだから」

二人並んで仄暗い非常階段で話したあの夜のことも覚えていてくれた。ただでさえドキドキは収まらないのに、あの夜のことまで思い出すと心臓が破裂しそうになる。

「どうしてこんなことをしてるの？」

緊張していたせいか、つい口から零れた。

亜理の少し形を整えただけの眉に力が入った。だが怒ったと思ったのは一瞬ですぐに眉は戻る。

「母が大阪でお店をやってるんだけど、商売がなかなかうまくいかなくて。それで連帯保証人になってしまったんだよね」

「そうなんだ。お母さんはどんな仕事をしてるの」

「洋服屋さん、小さなブティックだけど」

ビルのオーナーだった男と別れて母親も食べていくのに必死なのだろう。キャッシングコーナーで他人のカードで金を引き出すのを止めてくれた亜理が、母親の借金の連帯保証人になるとは、神様は残酷だ。

「最初は私のカードを勝手に使ってキャッシングしてたんだよね。それを私がこういうのは犯罪だよと怒ったら、全部返してくれたんだけど、母を許してしまったのがいけなかったんだよね。次にお店が危なくなった時、つい頼まれて保証人になってしまって」

「借金って、いくら？」

「千二百万」

「そんなに？」

声がひっくり返った。百万くらいならなんとかしようと、銀行で下ろす覚悟をしていたが、さすがに千二百万円にもなると、研修医の給与ではどうすることもできない。

「それを出会い系サイトで返すとなると、大変なんじゃないの？」

「じゃあ、どうやって返せばいい？」

「たとえばクラブとか、キャバクラとか」

浮かんだのはデリヘルやソープランドだったが、亜理を傷つけたくないとそう答えた。

「飲み系は全部やったよ。それだってお客さんを摑もうとしたら、同伴出勤やアフターでホテルに行かないといけない。愛人みたいになるし、結局、同じなんだよ」

「そうなんだ」

「風俗も同じ、半分取られるし」

風俗で働いたことがあるのかどうかを確認したかった。こうして援助交際しているのだ。していようがいまいが同じだ。

「ねえ、私あまり時間がないんだ。のんびりしてると時間がなくなっちゃうから、早くシャワー浴びようよ」

サイト内でのやり取りで、いつもと同じ二時間三万円と約束した。

「そんなことをしなくていいから、今日は話だけしようよ」

「えっ」

亜理が眉を寄せたことに、金を払わない気でいると疑われた気がして、「渡していなかったね」と財布から三万円を抜き取った。

「どうもありがとうございます」

援助交際の女性とは思えないほど、丁寧に両手で金を受け取って頭を下げた。ポーチから取り出した財布に入れて、財布を両手で握りしめる。

「久々に会えたんだから、今日は話をするだけでいいよ。まさか東京で塚本さんと再会できるとは思ってなかったし」

二度と会えないと思っていた。孝洋の中ではどんなに女性に言い寄られても、美織のような他人から羨ましがられる恋人ができても、片時も忘れたことがない初恋の相手だ。

「ううん、そういうのは駄目なの。だからシャワー浴びよう」

「どうしてダメなんだよ、なにもしないでお金をもらえた方が塚本さんも楽でいいだろ」

一瞬、亜理が自分に好意を持っていて、彼女がそうしたいのかと思った。亜理は淡々と事情を説明する。

「前にそういうお客さんがいて、それでこっちもついつい甘えてしまったんだよね」

「甘えるってどういうこと？」

「だから二時間三万円ではなく、四時間六万円、六時間九万円とか払ってくれて、ホテルに入ってからも何もしないの。スイーツやシャンパンを買ってきて、俺と一緒の時くらいは体をやすめてよと言ってくれて。カラオケしたり、有料チャンネルで私の好きな映画見たり。そういう人の方が楽だから、私も連絡があると必ず選んでいたんだよ」

「それのなにが不満なの」

好きでもない男性とセックスするなら、ホテルでカラオケや映画の方がいいだろう。

「そういう人っていざと言う時に怖い人になるんだよ。そのうち付き合ってほしいと言い出して、私が距離を置くと、歌舞伎町で私を待ち伏せして怒るんだよ。俺はなにもしないでおまえのために大金を使ったんだぞ。それなのにどうして俺を裏切るんだって」

「それって、ストーカーじゃない」

「完全にそうだよ、すごく怖かった。逃げてもまた別の日に現れるし」

よくそんな怖い目に遭っても続けられるものだ。そこで今度は孝洋がムッときた。

「塚本さんは俺もストーカーになると疑ってるの？」

「違う、違う、柿沢くんはそんなことしないよ、モテそうだし、彼女さんだっていそうだし」

「彼女なんかいないよ」

もうすぐ式を挙げるのに、表情を変えることなく嘘をつく。

「私の中で、お金をもらった以上は、男の人に満足してもらうって決めたのよ」

「満足って」

玄人女性のような言葉に急に白けてきた。だが思い焦がれていた亜理が目の前にいるのだと考えると、興ざめなどすぐに戻る。

「早く服を脱いでよ。この青いシャツ、よく似合ってるね」

ブルーのシャツのボタンを外しながら褒めてくれる。お世辞だと分かっていても亜理から言われると嬉しい。

孝洋がボクサーブリーフ一枚になると、亜理もてきぱきと服を脱ぎ始めた。他の女の子のように灯りを消してほしいとも言わない。

下着は紺の上下だったが、白い肌とのコントラストに目を奪われる。

ブラジャーを外そうと背中に手を回した時、孝洋がじっと見ていることに気づいた。亜理は初めて顔を朱に染めて、逡巡を見せた。

「胸は中学の頃から全然変わってないんだよね。恥ずかしいからあまり見ないで」

「ごめん」

変わっていないと言われても中学で見たことはない。ただ体操着や夏のブラウス一枚の制服の時でも亜理の胸はけっして大きくなかった。一方、胸が自慢の美織は、胸元を強調する服ばかり選ぶ。女を強調されると孝洋の心は冷めていく。

ショーツまで脱ぐと亜理は身をよじって体を隠し、バスルームへと移動した。

ボクサーブリーフ一枚で待っていた孝洋は自分で脱いで、あとに続いた。

一緒に浴室に入ったが、シャワーを浴びたのは別々で、じろじろ見るのも失礼だと薄汚れた壁のタイルと、開けっ放しになっている小窓を眺めていた。

浴室を出て、それぞれがバスタオルで拭く。そこまできて亜理は、「部屋が明るすぎるよね」と照明を落とした。

亜理が先にベッドの布団の中にもぐりこんだ。孝洋が隣に入ると目をつむったのでキスをする。

キスも愛撫も孝洋は得意ではなく、美織に対してもおざなりに体に触れるだけ。亜理もぎこちなさしか感じなかったのではないか。

避妊具を装着し、体を沈めていく。

お金をもらってなにもしないのは嫌だと言っておきながら、その時は眉根を寄せて顔を歪めた。

時間にしたらほんの数分のことだった。

そこから先は急に不安が押し寄せてきた。怖い男が部屋に入ってきて、金をせびられるのではないかと思ったのだ。

「どうかしたの、柿沢くん？」

不安を見抜かれていると直感した孝洋は、嫌われることがないように頭を巡らせてから、亜理に質問した。

「どうしてあんな書き方にしたの？」

「書き方って？」

「掲示板に自分の本名を載せたことだよ」

「ああ、イッシマアリ、イツデモアリってことね」

「そうだよ。危険じゃない、本名晒すのなんて」

「柿沢くん、気味悪く思わなかった？」

バスタオルを体に巻き、落ちないようにタオルの端を挟んだ亜理が、悪戯っ子のように聞いてくる。

「気味が悪かった。今も怖い人が来るんじゃないかとビビッてる」

正直に答える。

「来ないよ、そんな人なんか」

「それなら安心だけど」

まだ完全に信用したわけではない。

「そう言うことなんだよ。ああ書いておけば、新規のお客さんは来なくて、常連しか連絡してこないじゃない。知らない人に変なことされるのは嫌だから」

常連客へのメッセージだったかのように言う。

「それでも好奇心をそそられて来たらどうするんだよ。無視すればいいだけかもしれないけど、その日は常連からの連絡はなくて、仕方なしに知らない人を選ばなきゃいけない時だってあるだろ」

今日の孝洋がまさにそうだ。誰だか分からないのに自分が選ばれた。

「会って顔を見て、危なそうな時はパスする」

「ホテルに入って豹変する人だっているだろ」

「そういう時は次に連絡が来ても会わなければいいだけじゃん」

「そうだけど」

一度はひどい目に遭うのだ。それでもいいのか。

「それにもう私、逸島じゃないし」

「昔、名乗っていた苗字じゃない。フルネームを晒すのは危険だよ」

「心配ないって。東京で私が昔、逸島亜理だったことは誰も知らないから」

心配ないは嘘だろう。少なくとも中二の終わりから高校までは逸島だったのだ。中学や高校の同級生が上京しているかもしれない。

「柿沢くん、私のこと心配してくれてるんだ」

「そりゃ、まぁ」

顔をじっと見つめられて照れくささで視線を逸らした。

「心配してくれるなら、これからもたまに会ってよ」

「いいの？」

「さっきも言ったじゃない。いいお客さんと会いたいって」

「じゃあ、お客さんのランキングの下の方に入れてくれるの」

「下じゃなくて一番上だよ」

「本当に」

「柿沢くんはお医者さんでしょ。私の専属医になってよ」

なんだ、そういうことかとがっかりする。亜理は「心のお医者さんだね」と続けた。

勝手に心療内科と勘違いされたようだ。皮肉なことに心療内科は婚約者の美織なのに。

そこまで説明することもないとそのままにしておいた。

「あと塚本さんっていうのをやめて、亜理って呼んで」

塚本姓もあまり好きではないと話していた。

できれば援助交際などやめて、まともな仕事についてほしかったが、それを言える立場ではない。こうして出会い系サイトで女性を買っているのは、優等生に見られる自分を壊したいという理由だが、そんなこと亜理には通じないだろう。

「ねえ、柿沢くん、本当のこと教えてよ。さっきは付き合っている人はいないって言ったけど、実はいるんでしょ？」

笑うと三日月のようになる目で見つめられると、嘘はつけなかった。大学時代の恋人と今も交際していて、現在婚約中。彼女の実家は立派なクリニックであることも話した。

「もうすぐクリスマスだけど彼女さんにはどんなプレゼントするの」

「まぁ、イヤリングの予定だけど」

「うわっ、素敵」

「イヤリングたって安物だよ」

安物といっても五万円はした。ハイブランド好きの美織が、クリスマスプレゼントをイヤリングで我慢してくれたのは、婚約指輪を贈ったからだ。そちらは百万を超え、給与が二十万程度の初期研修医には払えずにローンを組んだ。

「彼女さんの家が病院ってことは、将来はそこを継ぐんでしょ」

「一応、そういう予定だけど」

「いずれは院長先生になるんだね」

　喜んでくれたことが複雑だった。

「本当にそうなるかは分からないよ、俺の病院じゃないし」

「医学部に入っただけでもすごいのに、ちゃんと先のことまで計画しているんだもの。私とは全然違うな」

　先を考えているわけではなく、たまたまそうなっただけだ。しかもこうして美織を裏切っている。これ以上自分の話をされるのは胸が苦しくなり、話題を変えた。

「亜理ちゃんが途中で、柿沢孝洋だと分かった時の顔は一生忘れないよ。これ、本当にあのダサい柿沢って顔をしてたもん」

「全然ダサくないでしょう、大阪の時もカッコ良かったよ」

「嘘だよ、それは」

「嘘じゃないって、だから私、勇気を振り絞って、柿沢くんを助けたんじゃない」

「そうだったの？」

「あの晩、非常扉を閉めて、向こうから出てこいとかドアをガンガンやられた時、私たちどうなっちゃうんだろうってすごくドキドキしたね」

　目を三日月にして、黒目の威力がますます増す。

「亜理ちゃんは平然としてたよね。俺はもう足がガクガクだったけど」

「私も怖かったよ。だけど一人じゃないから大丈夫だって」

ヤンキーの言いなりになるような情けない男なのに、亜理には頼りがいがあるように映っていたのか。

あの時、亜理がお兄さんに頼んでくれたおかげで俺は助かったんだよと礼を言おうとした。

だが言うより先に、バスタオル姿の亜理が囁いた。

「私も柿沢くんのこと、下の名前で呼んでいい？」

「うん、いいけど」

「じゃあ、孝洋、これからもまた会ってね」

亜理から初めて名前で呼ばれ、頭の中を巡っていたたくさんの疑問は、強力掃除機に吸われていくように渦を巻いて消えていった。

＊

留置担当の刑務官に消灯を伝えられてから二時間以上が経過する。

闇が落ちた暗い檻の中で、孝洋は当時を振り返っていた。

あの頃の孝洋は熱に浮かされていた。いや、今も体は熱を帯びたままだ。

美人局の危険性があると思いながらも、よくホテルに入ったと思う。これが亜理でなければ逃げていた。

孝洋はいつしか、自分が亜理を助けられる唯一の存在だと、大いなる勘違いをし始めた。

亜理を守る、その気持ちは今だって持ち続けている。大阪では亜理が孝洋を助けてくれたのだ。その恩返しをしたいと。

それなのに、亜理を救うことはできなかった。

警察のことだから、亜理と再会したのが一年半前ではなく、もっと前であることを突き止めるだろう。

そのことも日ならずして詰問されるはずだ。どうして嘘をついたのか。いったいあなたたちはどのような関係なのだと。

亜理の一人息子、飛翔を殺したことは自供した。

だが遺棄現場だけは、これから先にどれだけ厳しい取調べが待ち受けていようとも、自白するつもりはなかった。

6

捜査一課担当を仕切る中野からは「向田さん、警察官は感染対策もうるさいだろうから、タクシーを使ってもいいからね」と言われたが、瑠璃は西武多摩川（せいぶたまがわ）線を使って、終着駅である是政（これまさ）までやってきた。

東京に線路が一つしかない単線の電車が走っていることを瑠璃は初めて知った。

タクシーを使わなかったのは、どうせ電車はがら空きだろうと見込んだこともあるが、それ以上に、これから会う信楽という刑事をきちんと取材できるかどうか自信がなかった。収穫なしに経費だけ請求するのはどうも後ろめたい。

先輩の藤瀬からは「信楽さんは初めてでも大丈夫。ルールさえ守れば親切に対応してくれるから」とそのルール込みで教えてくれた。

そう言われたところで、警視庁で特別な捜査を二十年以上やっている専門家と聞いて緊張している。新聞記者になっておいてなんだが、もとから瑠璃は人見知りで、自分から話しかけるのは苦手だ。

教えてもらったコンビニの前に立っていると、七時二十五分、黒い半袖シャツの男が現れた。

藤瀬からは「スーパー銭湯でグループで歌を唄ったら、世のおばさまたちがほっとかないタイプ」と言われたので、少しおちゃらけたユーモアのある人かと思っていた。

ところが現れた男は、冗談一つ言いそうもない硬い表情をしていた。

ただ黒シャツを着ているだけで、信楽とは別人ではないのかと、その場に立ち止まって眺めていた。

そこで男の方が瑠璃を睨んだ。この人だ――そう判断した瑠璃は近づいて、「おはようございます、信楽さん」と挨拶をした。

「中央新聞の向田瑠璃と申します」

周りにもちらほらと通勤者がいたので名刺を出さずに小声で言う。

信楽は一瞥(いちべつ)しただけで挨拶もなく通り過ぎていく。当たりだ。「挨拶しても基本は無視」という藤瀬からレクチャーされた通りだったので、気にせず横についた。

「切れ者の代わりです」

藤瀬は、信楽から「切れ者」と呼ばれているらしい。

「ん?」

藤瀬を出したのが良かったようで、早速、信楽が興味を示した。

「私、藤瀬さんから、向田さんは私と似ていると言われているんです、あっ、似てるといっても藤瀬さんのように優秀な記者という意味ではないですよ。キャリアが違いますし、私は社会部でも違う班だったので、一緒に仕事をしたこともないですし」

「じゃあ、なにが似ているんだ?」

低くて渋い声。ますます聞いていたイメージとかけ離れていく。

「なんだと思いますか。ヒントは信楽さんが藤瀬さんを呼んでいるあだ名に関わってきます」

すぐに返事はなかったから無視されたかと思った。答えを言う前に信楽に先を越された。

「頭がよく切れる、あなたも優秀な記者という意味じゃないか」

こういったクイズ系も得意なのか。分かりやすいヒントを言ったのだから当たって当然か。

「別に私が優秀なわけではなく、藤瀬さんが勝手に似ていると言ってくれてるだけです。私と藤瀬さん、クロスワードパズルが好きで、時々勝負するんです。藤瀬さんは社内でずっと負けなしだったみたいですけど、私には絶対に敵わないので」

待ち時間が多い記者は時間つぶしの方法をそれぞれ持っている。スマホでぷよぷよをやる記者が多い。

「あとは昔ですけど、ルービックキューブの大会で日本一になったことがあります。小学六年生の時ですけど」

それには無反応だった。なんだかいきなり初対面の人に自慢しているようで失敗した。数学の大学教授の父と、医師の母親の遺伝を受け継いだ瑠璃は、自分は勉強ができるほうで、とくに記憶力はいいと自覚している。だが人からそう思われるのは嫌で、ルービックキューブの大会で、当時の最年少記録を塗り替えて優勝したことさえ、ほとんど話したことはない。

それでも口にしたのは、信楽は情報提供できる記者を探していると、藤瀬から言われたからだ。

沈黙すると話しづらくなるので、早めに次の話題に移る。

「信楽さんは黒シャツなんですね。私の先輩記者はいつもチェック柄のシャツを着ています」

調査報道部の滝谷亮平のことだ。チェックのシャツにノーネクタイ、それなのにボタンは一番上まで止めている。ルックスがいいから独特のファッションセンスも許されるのであって、そうでなければお坊ちゃま風のコスプレだ。

「その記者はどうしてチェックを着てるんだ」

「えっ」

滝谷のシャツを話題にしたのは信楽がこの暑い中、どうして黒シャツを着ているのかを聞こうとしたためで、チェック柄に食いついてくるとは思わなかった。

「わざと軽薄な印象を与えているんだと思います。その人、見た目はチャラいんですけど、根は真面目で、メチャ正義感が強いんです。でもそういうのって人には見せたくないんじゃないですか。カッコ良くないって」

最後の話は余計だった。警察官になるような人は正しい道を真っすぐ進んでいくので、周りからどう見られようが気にしない。記者にしたって自分は上司の言うことを聞かない一匹狼ぶる人はたくさんいる。軽薄に見せているのは滝谷くらいだ。

「俺もその記者の気持ちは分かるな」

「そうなんですか」

「いかにも俺は刑事なんだって偉そうにしている人間は、俺は好きではないよ」

「それで信楽さんも黒シャツなんですか」

か」
犯人を追いかけなくてはならないだろ。そうなれば服に血が付いていて気持ち悪いじゃない
から離れてるが、これでも刑事だ。今そこで通り魔でも起きれば、被害者を救出して、
「俺が黒を着るのは血が付いたとき汚れが目立つのが嫌だからだよ。今はそうした捜査
そう言って半袖部分を摑んだ。
「俺か」

からかわれているのだと思った。血が苦手な人は警察官を志望したりしない。それに
血が嫌いなら全身黒にすべきだが、マスクは市販の白い不織布だ。
「なんだよ、沈黙して」
「藤瀬さんから、信楽さんの現在進行形の捜査以外の話は面白いと聞いていたんですけ
ど、今のは全然、笑えなかったので」
はっきり伝えたせいか、今度は信楽が沈黙した。
「でも夏に黒シャツはいいんですよ。黒は熱を通すからよくないと言われていますけど、
それは赤外線の話であって、紫外線に関しては白の方が通しやすいんです。だから紫外
線に気を付けるなら黒い服を着た方がいい。でなきゃサングラスも黒より白が主流にな
るじゃないですか。白いサングラスなど私は見たことはないですけど」
知っている知識のまま伝える。
「切れ者から称えられるだけのことはあるな」感心されたと思ったが違った。「だけど

全身、白ずくめの記者さんに言われると説得力も半減するけどな」

初見の刑事とあって、今朝は生成りのブラウスに白のパンツ。気にせずに履いたパンプスも白だ。

顔が赤くなったのが分かるくらい、瑠璃は恥ずかしくなった。


途中の自販機で、紅茶をご馳走になった。

紅茶は三つあったが、信楽は無造作にその一つを押しかけたので「あっ、無糖のミルク無しにしてください」と伝えた。信楽は「どれだよ」と困惑してから、瑠璃が指したものを押した。普通はこうした時は出されたものをいただくのだろう。

「こういうご時世だから、自分で取ってくれ」

信楽に言われ、「はい、そうします」と手を伸ばして無糖紅茶を取り出した。

信楽は藤瀬から聞いていた通り炭酸水だった。

紅茶を飲みながら、東洋新聞が書いた大井埠頭近くの公園の件を尋ねた。

「あなたは、俺が東洋新聞に流したと思っているのか?」

「いいえ、信楽さんの答えはどんな時でも分からないよだと、藤瀬から聞いていますので」

「それなら事件が完全解決するまでは、俺のところに来ても意味はないことは分かってるんじゃないか」

「東洋新聞に流したのって、捜査一課長ですね」

「どうしてそう思うんだ」

他の刑事なら少しは慌てふためく。信楽は普通に聞き返してきた。

「最近、一課の刑事の不倫問題を知った東洋新聞を、一課長が黙らせたんですよね。そのバーターじゃないですか」

「そういうことがあったのか。俺は捜査一課でははぐれ者だからその手の噂には疎いんだよ」

空惚けているなと思った。役者顔だが、あまり演技は上手ではない。

ただし今の瑠璃の質問には、捜査一課の刑事なら全員が知らないと言い張るだろう。捜査一課長がこんな大事な情報を引き換えにしたなんて、雑談でもできない。

しかもその情報は東洋新聞だけでなく、捜査一課までが恥となるようなガセネタになったのだから。

「東洋新聞の記者と、一課長にはもう一つ繋がりがあるようです。一課長は前々職が所轄の署長でしたが、その頃、東洋新聞の記者もその地域を担当していました。その署で当時、警察官の酒酔い運転事故があったんですけど、その不祥事、どこの社にも報じられることなく、処分されていました。たぶんそのネタも今回のバーターに使われたと思います」

「そんな話、どこから聞いてきたんだ」

「東洋新聞のその記者が担当だったことですか？」

「違うよ、酒酔い運転の事故での処分についてだよ」

淡々と話していた信楽が、初めてびっくりした反応を見せた。

「官報を見て調べました」

「一課長が署長時代となると五、六年は前の話だろ。官報を全部見たのか」

「言い忘れましたが、私、本の斜め読みも得意なんです」

信楽はしばらく硬直していた。斜め読みと言ったが、正確に言うなら早読みだ。飛ばしているわけではなく、きちんと理解している。

早く読み終える分にはいいのだが、本を読んで感動する機会は他人より圧倒的に少ない。多少の遅い早いはあっても、普通の人が平均的なペースで読めば感情移入できて、カタルシスがやってくるように書かれてあるのだろう。その点ではこの特技は不利な気がしている。

「さすが、切れ者が認めるだけあるな」

紫外線の話をした時よりも、明らかに信頼してくれたようだ。

「そういうことなので、今後は私なりにいろいろ調べて情報を持ってきます。その時は分からないよでもいいので、少しは私に構ってください」

そろそろ駅に到着しそうだ。

「私はここで引き揚げます。ありがとうございました」

「なんだよ、切れ者から聞いてなかったのか」

「武蔵境の駅までは同行してもいいということですよね。それと警視庁で会っても話しかけてはいけないと。ですけど今は三密を避けるように都知事からも言われていますので、やめておきます」

本当の理由は、他社の記者に目撃され、信楽とサシで話せる機会を失えば、藤瀬に申し訳が立たないからだ。

信楽は駅へと歩いていく。颯爽と見えるのは姿勢がいいからだ。途中で炭酸水を飲んで、ゴミ箱に捨て、自動改札を通過した。

取材が苦手だと自覚している瑠璃にしては、今朝は信じられないほど、スムーズに会話できた。

藤瀬が言った「スーパー銭湯でグループで歌を唄ったら、世のおばさまたちがほっとかないタイプ」は完全にフェイクニュースだった。世のおばさま好みのマスクなのは当たっているが、あのシリアスな顔で歌や踊りはまったく似合わない。

だが藤瀬のおかげで緊張しすぎず、初対面の名の知れた刑事の前でも普段通りに会話を続けられた。

ホームから出発のアナウンスが聞こえ、電車が動き始めた。

瑠璃が来る時に乗ってきた電車は、適度に乗客を揺らしながら単線を走るのだろう。その景色はどこか長閑だ。

青い空を見上げた。周りに誰もいないのを確認してから、マスクをずらして大きく息を吸う。

初夏の優しい風に運ばれ、緑の匂いがした。

7

風が吹くたびに青々と茂る樹木が揺れて、木漏れ日が躍る。葉が擦れる音がすると野鳥が飛び立っていく。

あきる野市、昔は秋川市と呼ばれたこのあたりは東京とは思えないほど緑が溢(あふ)れていた。

洸は阿部刑事と小深田亜理の自宅に向かった。

新宿署からは首都高速と中央高速を使って七十分、八王子(はちおうじ)インターを降りてからも三十分以上かかった、最寄り駅のJR秋川駅からも十キロ、バスで二十分かかるこの地は、生活するにはけっして便利とは言えない。

「ここだ」

助手席に乗る阿部が指を差した。洸は車を平屋建ての隣の空き地に停めた。

「周りに家がないんですね」

周囲を見渡す。集落の端にある亜理の家は、左隣が空き地で、右隣は森だ。それよりも意外だったのは、トタン屋根のみすぼらしい家だったことだ。彼女の楚々とした写真から古民家風の家をイメージしていたが、すでに一度来たことがある阿部の話だと、長く借り手がなかった家で、家賃は三万円らしい。

柿沢が飛翔ちゃんをさらったと供述した去年の四月十一日午前、ＢＭＷの目撃者も出なかったが、この景色を見ればそれも致し方ないと感じる。子供が泣き叫んでも、その声は深い森に吸い込まれていきそうだ。

連絡を受けた福生署員が駆け付けた時、亜理は泣きじゃくってパニックになっていたらしい。

夜になって署員が詳しい事情を聞いたが、その時も精神は安定しなかったそうだ。捜索が打ち切られてからも彼女は何度か秋川駅や、この地域ではもっとも乗降客数が多い立川（たちかわ）駅でポスター配りなどを行っている。

門も柵（さく）もない敷地に入り、ドアの前に立つ。表札はなかったが、錆（さ）びた郵便受けに「小深田」と別れた夫の姓をマジックで書いた厚紙が貼ってあった。

「信楽さんも気にしてたみたいだけど、彼女はどうして離婚しても苗字（みょうじ）を戻さなかったのかな」

阿部が門の前で疑問を口にする。

「今はそういう人もいるみたいですけどね」

信楽が言ってから洸は調べた。民法上は原則復氏と言って、女性もしくは婿入りした男性は旧姓に戻すのが基本だ。離婚時から三ヵ月以内に届け出を出すことで、結婚時の姓でいることは可能である。

一方で弊害もあるようで、何年か経って、やはり旧姓に戻したいと希望しても、家庭裁判所で手続きして「やむを得ない事由がある」と許可されないと戻せない。戸籍法百七条一項に明記されていた。

洸がインターホンを押した。訪問することは事前に阿部から伝えてある。

「はい、おまちください」

落ち着いた声がして、ドアが開いた。

身長が一五五センチくらいと小柄で細身の彼女は、写真で見た通りの女性だった。

目が大きいとか、唇がセクシーとか、はっと目を引くタイプではないが、肌がきれいな色白ですっきりした小作りの顔は、三十四歳の年齢より若く見えた。顔よりもノースリーブから出た小さな肩と細い腕に、なぜか目が引き寄せられた。

ここでいいですかと亜理が言うので、玄関での立ち話になった。ウェブデザインの仕事の締め切りが迫っていて、時間はあまりないらしい。彼女がマスクをしようとしたので、「大丈夫です、距離を取りますから」と二メートルほど間を空けた。表情の変化も知りたい。

「柿沢さんとのことを正直に話さなかったのは本当に申し訳なく思っています。でもあの男が、そんな酷いことをするとは思わなかったので……」

亜理は「あの男」と言った。その言い方だけでも彼女に思いを寄せる柿沢はショックを受けるだろう。

「一年半前に新宿で柿沢孝洋と再会して以降、会ったのはファミレスでの二回だけですか？」

「そちらの刑事さんに話した通りです」

森内より一歩後ろに立つ阿部を見た。阿部は公園を捜索した日、鑑識とともにこの家に来て、彼女の立ち合いのもと、柿沢の指紋や毛髪がないか調べた。収穫はなにもなかった。

その際、阿部が柿沢との関係を確認したが、彼女は子供の遺体が出てくるかもしれないことに気を揉み、柿沢と会っていたことを認めた以外、ほとんど回答しなかったそうだ。

「今一度確認させてください。柿沢にファミレスでこれ以上会えないと伝えた時、店にいた人が、あなたが泣いているように見えたと話しています。あなたと柿沢との間になにがあったのですか」

「私は泣いてなんかいません。見間違いだと思います」

目撃した主婦は、亜理の席とは離れていたというので、その部分は自信がないと答えている。

「一度、会うことを断っておきながらまた同じファミレスで会ったのはどうしてですか」

「どうしてももう一度話を聞いてほしいと言われたからです。でも私は前回同様、これ以上は会えないとお断りしました」

中学以来の再会となった日、ファミレスで二度デートした日と時間については阿部が確認しており、柿沢の供述と一致していた。

「そう言ったことで、彼はきっぱり諦めたと思ったのですか」

「はい」

「本当にそう思いましたか」

「最後に会った時、多動症について詳しく説明してくれて、そんなに心配することはないけど、今は息子さんのそばにいてあげた方がいいよと言ってくれましたから」

そのことは初めて聞いた。気の弱そうな柿沢の雰囲気なら、心の中では会いたいと思っても、優しい言葉を口にしそうだ。

「柿沢はあなたが引っ越した日には世田谷の家を見に行っています。そこまで執着していた男が簡単に諦めますかね」

「そう言われても、まさか彼が引っ越し先まで知るとは思わなかったですし」

「彼とはあの男ですか」

自分でも意地の悪い質問だと思った。

「そうです、他に誰がいるんですか」

彼女はキュッと眉を寄せた。

「引っ越し先を知られていたと聞き、どう思いましたか」

「そんなの決まってるじゃないですか」

「気持ち悪いですか」

　肩のあたりで切り揃えられた横髪が左右に揺れる。

「それより飛翔のことです。飛翔が生きているって願っていたのが、絶望に変わったのですから」

「殺されたってことですね」

「おい、森内」

　後ろから阿部に突っつかれた。

「柿沢の自供を聞き、心を痛めていらっしゃることはお察しいたします」

　洸は頭を下げる。確かにこれでは取調べだ。被害者の母親に対する態度ではない。

　それでも遺族に気を遣っていてはいつまで経っても事件解明の進展もないし、飛翔も出てこない。

「あなたは柿沢に、お子さんについての悩みだけでなく、旦那（だんな）さんが育児に協力的でないことなどの不満を伝えていたそうですね」

「あの男がそう言ってるんですね」

「いろいろ相談を受けたと言っています」

「勢いで言ったのかもしれません。主人は仕事に追われ、子育てに協力的ではなかったので。私もどうかしてたんです。一時保育に預けてまで出かけたんですから、飛翔に申し訳ない気持ちでいっぱいです」

彼女は自分を責めていた。ただ子供を預けて友人とお茶をするくらい、他の母親でもしている。だが相談しただけなのか。男女間に友情は存在するのかは個人によって違うだろうし、本当に肉体関係がなかったのかまでできればこの場で追及したい。

「柿沢はあなたのことを大阪の頃から好きだったと話していましたが、好意を持っていることを言われましたか」

「それもそちらの刑事さんに聞いて初めて知りました」

「小中学校が同じ学校だったんですよね。そのうち二年間は同じクラスになっていますが」

「クラスではほとんど口を利いたことがなかったので」

「同じクラスなのにですか」

「口を利いていないのは、私だけではないと思います。地味だったので」

「地味とはオタクという意味ですか」

柿沢は爽やかな見た目に反して、今も伏し目がちで、もごもごと話す。

「いいえ、そういう感じではなく、ガリ勉タイプです。うちの中学は勉強ができる子はあまり好かれなかったので」

勉強よりスポーツができた方が女性に人気があったのは、洸の中学でも同じだった。

亜理は「うちは荒れた学校でした」と付け加えた。

「もう一度確認しますが、秋川に引っ越すことは柿沢には話していなかったんですよね」

二人が最後に会ったのは昨年の三月初旬、引っ越しの一カ月前だ。亜理は不動産屋と賃貸契約を終えている。

「話すわけないじゃないですか」

きっぱりと否定した。

「柿沢はあなたから以前に飛翔ちゃんと秋川に遊びに行った、こういうところで生活したいと話していたと聞いたと証言しています」

「それもそちらの刑事さんに聞いて初めて知りました。私は記憶にありません」

「写真も見たと言っていましたが」

「だったら話したのかもしれませんが」

「写真を見せたのに覚えていませんか？　見せなければ柿沢がこの家を知ることもなかったのかもしれないんですよ」

実際の柿沢はトラックを尾行したと話している。だが行き先は予測できていたから確実に追いかけられたのであって、アテがなければ途中で見失っていたかもしれない。

「あの頃の私はどうかしていたと言ったじゃないですか」

語気を強める。知らず知らずのうちにまた非難めいた尋問になっていると、洸は反省した。

「これは事件とはまったく関係ないことですが、別れたご主人の姓を名乗っているのはどうしてですか」

阿部が質問した。

「それは子供のこともあるし、いろいろ理由があります」

「お子さんはまだ三歳ですよね。同じ場所に住むなら子供の友達に知られたくないなど理由になりますけど、こうして引っ越してこられたわけですし」

「私も仕事をしています。主人と結婚してからは小深田亜理で仕事をしていますし、苗字を戻すのはいろいろ面倒なんです」

取って付けた言い訳に聞こえた。通名ではないが、離婚した名前を仕事で使って、戸籍上は旧姓に戻してもいい。

ただしこれから先もずっと一人でいるわけではなく、いい人がいれば再婚するだろう。それならば小深田のままでいいという考え方もできなくはない。生活のスタイルもまた多様化している現代社会では、深く突っ込むべき質問ではない。

「刑事さんも、私があの男に飛翔をどうにかしてほしいと頼んだとでも、おっしゃりたいのですか」

彼女の声が刺々しくなった。

息子がいなくなった去年も、地元の警察署からも犯行を疑うような詰問をされたらしい。

「気を悪くされたらすみません。ただ柿沢と会っていたのを隠されていた、それを知った以上は我々も改めて調べなくてはなりませんので、その点はどうかご容赦ください」

洸は言葉を選ぶ。

「関係がないと思っていたから話さなかっただけです」

「本気で無関係だと思っていますか？　再会した柿沢からは会いたいと何度もメールが来て、実際に二度は会っている。警察に話さなかったのは、別れた旦那さんに会っていたことを知られたくなかったからではないですか」

そう言うと、彼女の目が吊り上がった。しばらく強い視線を洸に向けていたが、すぐに子供を失い、悲しみに暮れる母親の表情に戻った。

「私のことは非難されても仕方がないと思ってます。あの時点では結婚していたのに、あの男と会ったのは事実ですから。ですけどお茶を飲んで話しただけで、後ろめたいことはなにもしていません」

そう言い切ると、しばらくの間沈黙した。嘘をついていないか、じっと彼女の顔を確認する。判断はつかないので、思い切って口にしないと決めていたことを訊いた。

「後ろめたいことはしていないとは、男女の関係はなかったという意味ですか」

また眉が寄る。

「その通りです。あの男はそうした話を一切してきませんでした。だから私も信じたし、私に気があるとは思わなかったんです」

表情を見た限りでは嘘をついてはいなそうだが、信じるのはまだ禁物だ。

「後ろめたいことがなかったのなら、非難されても仕方がないなど、あなたが責任を感じることはないんじゃないですか」

意地の悪い質問に、彼女は「それは……」と言い淀む、だがすぐに先を続けた。

「あの日かて、私が目を離した隙に飛翔は玄関から出てってあの男に誘拐されたんですから、やっぱり私の責任です」

そこまで自分を責めるならやはり柿沢と関係があったのではないか。その疑念は消えなかったが、それよりも「あの日かて」と言った言葉に引っかかった。

「奥様は大阪出身ですよね」

調書によると堺市から二十一歳の時に東京に出てきている。

「そうですけど」

標準語で返ってきた。

「今、あの日かてと言った以外は標準語でしたよね？　関西弁は出ないのですか？」

「それは……」

彼女は視線を落とした。

関西弁が出ないように注意しているのかと思ったが、返ってきた答えは予想とは違った。

「私、大阪にあまりいい思い出がないんです……」

小深田亜理宅を出て、車に戻った。新宿署の捜査車両だが、後輩なので洸が運転する。

「森内、いくら信楽さんの命令でも、もう少し質問の仕方があるだろうよ。彼女は子供を失った母親だぞ」

阿部に注意された。

「柿沢と会っていたことを一年以上も隠してたんですよ。疚しさがあったからこそ黙ってたんじゃないですか」

「森内は彼女が柿沢に頼んで子供を殺したと疑ってるのか」

亜理が言ったことを阿部がなぞった。

「阿部さんは思いませんでしたか」

「それは……」

阿部も同じ疑惑を抱いていた。刑事なら柿沢と亜理が会っていたこと、そして離婚したシングルマザーになった亜理が、息子を抱えて生活しなくてはならなくなったと聞けば疑いは抱く。しかも世田谷から秋川に引っ越した直後のできごとだ。人が多い世田谷とは異なり、ここならひと目につかないし、川や森もあって捜索も困難だ。

「二人は飛翔ちゃんがいなくなった後も続いていたと、森内は思ってるんだな」

「はい、それも考えています」

いや、事件後は会っていないかもしれない。連絡もしていない。ほとぼりが冷めるまで距離を置いている。

「柿沢と今も関係があると疑うのは、俺はどうかと思うけどな」

「どうしてですか」

「柿沢は亜理のことを、大阪の頃から好きだったと話してるんだぞ。ずっと手が届かなかった彼女が夫と離婚した。邪魔だった子供も始末した。これから先、堂々と付き合えるんだ。それなのに過剰防衛で逮捕されるまで殴ったりするかな」

「このままでは自分がやられると思ったからじゃないですか」

「それ以前に、正義感を振りかざして止めに入るか？　見て見ぬ振りをして通り過ぎるんじゃないか」

阿部の推論は的を射ていた。

「確かに二人が今も付き合っているなら、柿沢は事件を起こしてないでしょうね」

「だろ？　柿沢は彼女を完全にはモノにできていない。亜理が柿沢の気を惹(ひ)いて唆した依頼殺人の可能性も考えられなくはないけど、だとしたら柿沢は怒り狂って黙秘はしないだろう。なんにせよ、今は推測に過ぎないけど」

推測であっても調べる必要があるが、今は阿部の考えに従うことにした。

「まずは他を調べる必要がありますね。次に彼女に柿沢との関係をぶつけるのは、もっと大きな証拠が出てからでいいかもしれません」

「遺体が発見されれば、すっきりするんだけどな。いくら疑うのが仕事と言っても……」

阿部の言わんとすることは洸にも理解できた。亜理には被害者の母親のままでいてほしい。刑事という仕事を忘れて一人の人間に戻れば、そのような結果が一番、心が落ち着く。

とはいえ、そうだったところで、亜理が心の底から安堵できるかは別問題だ。息子を殺した犯人をよく逮捕してくれたと警察に感謝してくれるだろうか。いや、けっしてそうは思わない。疑われたことに彼女の心は傷ついている。

自分たちがしていることは治りきっていない傷をさらにナイフでえぐっているも同然だ。こういう場面に直面した時が、刑事の仕事ではなによりもしんどい。

捜査車両は来た道を戻り、中央環状線を通って渋谷に出た。機械式の駐車場に停め、高層タワーに入っていく。

このビルの十八階に小深田隼人が社長を務めるIT企業が入っている。

十五分以上待たされ、小深田隼人は現れた。

IT系の社長っぽく、ブルーのジャケットの下は白いTシャツだ。三十七歳なので小深田亜理より三歳年上。背は低くて、顔は丸い。

「今度は警視庁の刑事さんですか、いい加減勘弁してくださいよ。週刊誌からも取材されて、会社も損害を受けてるんですから」

名刺を出すと同時に、小深田隼人は口をつぼめた。

会社の損害は事実だ。去年の二月に上場した会社は、ずっと右肩上がりで成長を続けてきた。それなのに柿沢が死体遺棄を自供したと新聞に載ってから、株価は下がり続けている。

どうして息子を失った父親の会社の株価が下がるのか。それは会社の事業が、幼児の教材販売や英語教育であることに関係している。

夕刊紙が、医師が殺したと自供した小深田飛翔ちゃんには、実は病気があって、ＩＴ企業を経営する父親は離婚したと報じた。小深田という珍しい苗字から、会社がネットで特定され、病気の子供を見捨てるような冷たい父親の会社に幼児教育などできるのかと、そうした書き込みがネットに氾濫しているらしい。

「早めに切り上げますから」

そう断ってから質問した。最初はシアトルに出張中だった小深田隼人のもとに、亜理から息子がいなくなったと連絡を受けた時のことを尋ねた。

当時の調書に書かれていたこと以外、目新しい事実はなかった。

失踪三日前の四月八日からシアトルに滞在していた小深田隼人が、日本時間の午後五時、シアトルは午前一時に取引相手とホテルのバーで飲んでいると、亜理から泣きそうな声で電話があった。

すぐに警察に相談しろと言った。そして翌日の便で帰国した。離婚したとはいえ、子供の父親としては最低限のことを彼はしている。

次に犯行を自供した柿沢について、どう思ったかを訊いた。

「どうと訊かれても、私からはなんとも答えようがないですよね」

「なにか他人事ですね」

「そう言われても離婚前から別居していましたし、夫婦関係はとっくに破綻してましたから」

時期も理由も、去年の四月に飛翔ちゃんがいなくなった時点で警察は聞いているが、念のために確認する。

「いつ頃から別居していたのですか」

「飛翔がいなくなる四カ月ほど前からです」

理由は小深田隼人の浮気だ。六本木のキャバクラに勤務するひと回り年下の女性だ。新宿署の捜査員によると、彼は今もその女性とタワーマンションで暮らしている。

「となると一昨年の十二月ですか」

「そうですね、年の瀬に入ってからです」

ん？　十二月の終わりとなると柿沢が亜理と偶然再会した時期と重なる。そんな偶然はあるだろうか。

「別居した頃の飛翔は目を離すとすぐにどこかに行ってしまうところはありましたけど、子供はそういうものだと思っていました。ですので子供の病気を知って、私が妻子を捨てたなんてことはありえないんです」

聞いてもいないのにネットの書き込みを否定した。

「悩んでいたようですが、亜理さんからは連絡はありましたか」

「すぐにはなかったです」

「どのタイミングで知ったんですか」

「飛翔がいなくなってからです」

「それであなたはなんと」

「障害だったのなら、どうしてもっと早く医者に見せなかったんだと言いましたよ。そうしたら勝手にいなくなることもなかったんじゃないかって」

責任を押し付けられた亜理はいたたまれなかっただろう。それに一度は病気と口にし、今度は障害と言った。柿沢が言うには子供の学童期に多く見られ、その後は成長とともに減少する可能性があるにもかかわらず。こうしたずけずけと物を言う夫に、亜理は相談を躊躇(ちゅうちょ)したのではないか。

「もちろん捜索にも参加されたんですよね」

「しましたよ」

「駅前でポスターを配ったりも」

「それは」口を噤(つぐ)んでから「あれはマスコミに対するアピールみたいなものでしょ」と予想もしなかったことを言われた。

「広く呼び掛けるわけですからアピールではないのでは」

「私でなくてもいいでしょう。私にはすべきことがあります」

「失礼ですけど、小深田さんがすべきこととは？」

「それは会社を安定させることです。飛翔はいなくなって養育費は必要なくなっても、亜理への慰謝料が支払えなくなったら彼女だって困るでしょうし」

行方不明だったとしても、死亡が特定されるまでは養育費を支払うべきではないか。これではもう死んだと決めつけたような言い様だ。だが小深田隼人も起業した会社を維持するのに必死だったのだろうと、それ以上非難めいたことを口にするのはやめた。

「少しこみ入ったことをお尋ねしますが」

阿部が隣から切り出した。以前一緒に捜査した時は阿部の主導だったが、亜理宅でもそうだったように、洸が警視庁にいることで引いてくれている。

「結婚して二年目に飛翔ちゃんが生まれて、お子さんがまだ小さいうちに別居しているわけですよね。そんなに早い段階で、お二人の仲が悪くなったのはなぜですか」

簡単に言えば浮気したからだが、その浮気の理由を知りたい。

ルックスがすべてではないが、亜理という美しい女性をめとったのだ。柿沢は自分にとっての亜理は高嶺（たかね）の花だったように話した。失礼だがその表現は、柿沢より小深田隼人の方に当て嵌（は）まる。

ちなみに二人の出会いは結婚の一年前。当時は有名なＩＴ企業に勤務していた小深田隼人が、ウェブデザインをしていた亜理に仕事を依頼したことから、交際、結婚に至ったとこれまでに話している。

「原因って、そりゃ別れた夫婦には、いろいろありますよ」

小深田隼人が口を尖らせた。

「そのいろいろを話してくれませんか」

洸が訊く。

「きっかけになったのは、自分が会社をやめて起業したことです。そのことを亜理はずっと気に入らなかったんです。彼女、十七歳の時に、父親が破産してるんです。父親と兄ともその時に離れ離れになったらしく。父親といっても母親の再婚相手ですけどね。本当の父親も亜理が子供の頃に事業に失敗して自殺したみたいで、そんなこともあって、会社に残ってほしいと散々反対されました」

起業する人は今は珍しくないが、亜理の複雑な過去を鑑みれば、企業に雇われる安定を捨てることへの不安は分からなくもない。

「そう言えば亜理さん、大阪にいい思い出がないと言っていました」

亜理に理由を尋ねたが、それには「とくにこれと言った理由は」とはぐらかされた。

「そうした複雑な家庭の事情も、今も小深田姓を名乗っている理由ですかね」

「私はそう解釈しています」

「離婚後も小深田姓を名乗ることを小深田さんは許したんですか」

阿部が質問した。

「許すもなにも結婚した女性の権利ですから」

法律の解釈通りだが、洸は「弁護士を通じて連絡があったのですか」と確認した。

「離婚が決まる際に言われました。その時は飛翔もいましたし、自分ら別に憎しみあって別れたわけではないので、私は構いませんと認めました」

飛翔もいましたし——言葉の節々に子供への愛情が欠けた、どこか冷たさを感じる。

「亜理さんからは反対されたとはいえ、起業なさった小深田さんは、こうして立派なオフィスを構えているんですから、事業の成功には自信があったんですね」

阿部がゆとりのあるオフィスを見渡しながら話を変えた。三十人ほどの従業員がパソコンを弄(いじ)っている。机は他にもあるから、まだ従業員はいるのだろう。

「起業した頃は業績を上げられずに、めげそうになりましたけどね。彼女が言っていた通り、前の会社にいれば良かったなと後悔したことだってありますよ。私がやめた時よりもさらに成長して、今や日本を代表する大企業ですから」

後悔というより、自慢を入れてきたようにも聞こえる。

「上場したのは去年の二月ですよね。仲を戻そうとはされませんでしたか」

「私も妻と子を愛していましたし、いろいろ努力はしましたけど、一度壊れたものはそう簡単には戻りませんでした」

平気な顔で嘘をつく。この男は愛人と生活していたことを警察に知られていないと思っているのか。それならと、この男が今の亜理をどう思っているのか、突っついてみようと思った。

「柿沢について尋ねた時、小深田さんはなんとも答えようがないと言いましたが、実は亜理さんの行動に気づいていたのではないですか」

「行動って、どういう意味ですか」

「単刀直入に言うなら亜理さんが柿沢と会っていたことです」

「不倫していた」と言いかけたが、亜理のきりっとした目を思い出して語句を変えた。

「そんなの気づくわけがないじゃないですか」

「気づいたから別居したとか」

「そんなわけないでしょ」

「そうですよね。その頃には小深田さんには他にお相手がいらしたんですものね」

そう言うと、彼は口をもぐもぐと動かして、不快な表情を浮かべた。

「だいたいその質問、なんの意味があるんですか。私がなにをしていようが事件とは関係ないでしょ」

「では質問を変えます。亜理さんが他の男性と会っていたと聞いて、単純にどう思われましたか」

「私の興味が他の女性に移ったから、亜理はその男と不倫していたと言うのですか？」

「それは亜理さんに聞くしか分かりません。聞きたいのは小深田さんがどう思っているかです。今振り返って、亜理さんの行動に疑念のようなものはありましたか」

「分かりませんよ」

「分からない？　疑いがなければ普通はないと答えるものでは？」

この男は妻の不倫を疑っている、そう疑惑が走る。

「だったらないです」

「だったら？」

「ありませんよ、もうしつこいな」

面倒くさそうに顔を背ける。

阿部の顔を見た。一度帰って出直そう、そう言っているように受け取った。

「そろそろお時間ですね」

立ち上がろうとしたが、そこでこの男に会ったら必ずしようと決めていたことを思い出し、バッグの中に手を突っ込む。

「柿沢の写真なんですけど……」

「いいですよ。私は妻を疑いさえしていなかったんだから、そんなヤツ知るわけないですよ」

「これが柿沢です」

涼し気な目許（めもと）をした写真を差し出す。

「知らないですよ、聞いたこともない」

断りながらも写真に目をやる。視線が逸（そ）れたが、二度見した。

「どうしましたか、知っているんですか」

阿部が咄嗟に尋ねる。洸も知り合いなのだと直感した。

「いいえ、知りません」

「本当ですか、よく見てください」

今度は手に取ってしっかりと見た。動揺しているように見えなくもなかったが、知っているると言い切るほど確信は持てない。

「知りません」

そう言って突き返してくる。

「さっき二度見しましたよね」

阿部が問い詰める。

「一瞬、見たことあるかなと思ったけど、別人でした」

「見たことあるって友人ですか」

「いいえ、昔の知り合いです、と言ってもよく行く飲み屋の客みたいなものです」

「みたいなもの？」

「客です。名前も知りません。ですが別人でした。もういいでしょう。会議で社員を待たせているんです。勘弁してください」

この男はなにか隠している、その思いだけは阿部と共有した。

8

あくる週には再び出会い系サイトの掲示板で気味の悪いメッセージを見つけ、亜理と会った。

――次に会うのは一ヵ月後ぐらいがいいな。孝洋にお金を使わせるのは気が引けるから。

亜理から言われた時は「そうするよ」と答えたが、とても一ヵ月も待てなかった。診療中もふと緩みが生じて亜理を思い出す。会いたいだけではない。他の客に亜理を取られたくなかった。

毎日曜日の午後に会うようになっても、亜理を独占させてはくれなかった。会えるのは毎回二時間だけ。それが終わると、お茶や食事に誘っても、「忙しいの、ごめんね」とホテルを出て雑踏の中へと消えていく。

変わったことといえば、亜理ちゃんと呼んでいたのが「亜理」と呼び捨てにしたくらいだ。二時間三万円という条件も変わっていない。自分はたくさんいる亜理の客の一人でしかなかった。

研修医は平日だけでなく、土曜も仕事があるため、日曜以外に会うことはできない。最初のうちは会えないのが分かっていながら、休憩中に何度かサイトを覗いて、亜理が客を取っているのを知って落ち込んだ。ぼっーとしていると、指導役の医師から注意を受けた。

医師は患者の命を預かっているのだ。こんなことをしていてはいつか事故を起こす。日曜以外は、サイトは覗かないように決めた。

仕事に集中して、目の前の医療に接したが、気持ちを抑えれば抑えるほど、仕事終わりには亜理で頭が溢れ返った。

かといって性的な欲求とは違っていた。なにもしない男はストーカーになると亜理から言われたからセックスしているだけであり、早く終わって、残りの時間はおしゃべりする方がよほど楽しかった。

——借金は俺が知り合いに借りて全部払うから、こんな仕事はやめた方がいいよ。援助交際なんてどんな客が来るか分からないし、時々、ホテルで若い女性が殺されるなんてニュースもあるじゃない。

借りられるアテがあるわけではないのに、何度かそう言って止めた。亜理の答えは同じだった。

——私、誰にも借りを作りたくないんだよ。

——まだ俺がストーカーになることを心配してるの？

——心配なんてしてないよ。孝洋もう人の旦那さんなんだし。

この関係を続けながらも、二月最初の土曜日には美織と挙式した。その後は美織の父が所有する南青山のマンションで暮らしている。

入籍したら義父のクリニックに勤務することになっていたが、義父にはもう一年、川崎の総合病院に残ると伝えた。内科と心療内科といっても、同じクリニックにいれば、美織に気づかれる気がしたからだ。

さすがに挙式翌日の日曜は亜理とは会わなかったが、次の週には美織が日曜診療に出たのをいいことに平気で家を出た。

もっとも美織にすまないという気持ちはあって、式の直前には、美織に正直に伝えて土下座してでも破談にしてもらおうと決意した。それを止めたのは先に相談した亜理だった。

——駄目だよ、こんないい機会を逃したら。孝洋は絶対に後悔するよ。

——後悔なんてしないよ。俺だけでなく、向こうも俺に冷めてる気がするんだよ。

元々、彼女はいろいろ遊んでいたし。

今も昔の仲間とスキーやクルージングに行く。その中には男友達も含まれている。

——それでも彼女さんは孝洋と結婚したいって言ってくれてるんでしょ。

——それは俺が医者だからだよ。彼女は一人っ子だから、両親は婿をほしがっているし、学生の頃、将来は近本姓になってもいいと話したから。病院はセレブ患者がたくさんいるから、家族以外には渡したくないんだよ。

——そんなにいい条件なら結婚した方がいいって。勤務医のままではお給料は知れている、開業しないと医者は儲からないけど、開業資金が大変で、みんな方々に借金してるって孝洋は言ってたじゃない。

——それは事実だけど。

孝洋と結婚することで彼女さんにメリットがあるのなら、孝洋もそう。せっかく猛勉強して医者になったんだから、成功しなきゃ。

どこか悲哀が漂う顔と、成功という言葉が一致しなかった。

こうして金銭を介して会っていることじたい、亜理は母親の借金を返すためと割り切っている。まずもって亜理に孝洋への恋愛感情はない。

それでも他の客よりは贔屓してくれているのは間違いなかった。

常連客はたくさんいて、毎回、取り合いになっているはずだ。だが孝洋が返信して断られたことは一度もなく、必ず会ってくれる。

まもなく三カ月になろうとする三月の三週目には予想もしなかったことを言われた。

「ホテル代がもったいないから、次からはうちに来ない？」

「亜理の家に行ってもいいの？」

「家って言ってもアパートだよ。その代わり最後のお客さんになるので、夕方になっちゃうけど」

「それはすごく嬉しい」

病院の桜はつぼみを開いたが、三寒四温が続いて底冷えした次の日曜、最初に会った歌舞伎町のバッティングセンターで待ち合わせをして、西武新宿線の下落合にあるアパートに向かった。

亜理はこのアパートの一階の部屋に、二十一歳で東京に出てきた時から住んでいるという。

外観は白い壁でメルヘンチックな、いかにも若い女性が好きそうな建物だった。だが窓から西日が射しこむ１ＤＫの部屋は、自炊道具などが整理整頓されて揃っているだけで、あまりに質素だった。

テレビと、机の上にはパソコンとウェブデザインの参考書が数冊あるくらい。あとは三段の衣装ケース、なによりも意外だったのはベッドではなく布団だったことだ。

フローリングの床の隅にマット、布団、掛け布団と丁寧に畳まれている。

靴を脱ぐと床の冷たさを感じた。壁も薄く、外の気温と変わらない気がした。ぶるっと震えたのを亜理に見られた。

「ごめん、寒いよね、今ストーブを出すね」

クローゼットを開き、アウターがかけてある中から、電気ストーブを引っ張り出した。スイッチをつけると亜理が屈んで手を寄せたので、孝洋も同じことをする。手がじんわりと温まった。ちりちりという音とともに、ほこりが燃える匂いがした。

「亜理って、エアコンを使わないの？」

「使わないよ、電気代が高いじゃない」

「この電気ストーブもあまり使ってないんじゃないの？」

日常遣いしていれば、ほこりが燃える匂いはしない。

「使ったのは久しぶり」

「いつも暖房はどうしてるんだよ」

「家にいる時は布団にくるまってるよ。それが一番暖かいから」

そこまで倹約していると聞き驚く。美織は夏も冬もエアコンはつけっぱなしで、一、二時間の外出なら「帰ってきた時のために」と消さずに出かける。一人暮らしだった時は貧乏性だった孝洋も、感化されて光熱費を気にしなくなった。

場所がホテルからアパートに変わっても三万円を払った。

自宅なら恋人らしい時間を過ごせると期待していたが、亜理から「時間がもったいない」と言われてがっかりした。終わったら帰れという意味だ。それ以上にアパートでの逢瀬には落胆があった。

ホテルであれば部屋の灯りを暗くするだけで、うっすらと顔が見えるのだが、アパートでの亜理はカーテンを閉め、部屋の灯りをすべて消す。

「小さな灯りだけでもつけてくれない。これだと誰か分からないよ」

「私は真っ暗でも孝洋だと分かるよ」

そう言って孝洋に体を寄せる。にわか雨ほどの短時間のセックスが終わってからも、亜理は照明をつけなかった。

これだったら前の方が良かった。ユニットバスのため別々にシャワーを浴びて着替えを終えてから孝洋は言った。

「別に俺はホテルでも構わないよ」

「私が孝洋に家を教えたのは、ホテル代のことだけじゃないんだよ」

「じゃあ、どうしてなの」

「この前、孝洋、私がパニックになった時に、助けてくれたじゃない。あの言葉に私は自分の悩みなんてたいしたことはないって、救われたんだよね」

前の週のことを持ち出した。その日、約束の二時間になろうとしていたので、孝洋はバスルームに向かった。いつもは急いでシャワーを浴びる亜理が、いつまで経ってもバスルームに来ないので戻ると、亜理はベッドに座ったままだった。

――どうしたんだよ、亜理。

――私、タトゥーを入れようかな。

――どうしてそんなことを言うんだよ。そんなきれいな体なのにもったいないよ。

――きれいじゃないよ、いろんな人に汚されてるのに。

胸が痛くなる。その汚している一人が自分なのだから。

――そういう意味じゃないよ。亜理は肌がきれいだし。

色白でシミや痣もない。肌はきめが細かくて透明感がある。

――だから入れたいんだよ。私はもうこんな仕事をしたくない。でも借金があるからって、しなきゃいけないと思ってしまうんだよ。タトゥーを入れたら、そんな私に誰も会いたくないだろうし、他の仕事で稼がなきゃいけなくなるでしょ。どうにも安易な発想に思えた。したくなければ出会い系サイトに書き込みしなければいいだけだし、昼職を探せばいい。タトゥーを入れたって亜理を好きな客は会いにくる。タトゥーを入れている女性は今はたくさんいるし、むしろ客層が悪くなるだけだ。

矛盾は感じたが、きっと亜理の心が苦しがっているのだろうと、タトゥーを否定するのではなく、違うことを話した。言い終えた時には亜理は三日月目になり、「ありがとう、孝洋のおかげで立ち直ったよ」と感謝してくれたのだった。

「あの時の俺の言葉に、効果なんかあったの」

振り返りながら、尋ね返す。

「あったよ。あの時、孝洋は『亜理はついてないよな。きれいに生まれてこなければタトゥーを入れようなんて思わなくて済むのに』って言ってくれたんだよね」

「俺は失敗したと思ったくらいだよ、容姿で女性を評価すること、亜理は嫌いだったじゃない」

「そうなんだけど、あの時は効果があったんだよ。あっ、私は自分のこと、全然、きれいだなんて思ってないからね。ただ孝洋にきれいに生まれてこなければと言われて、これも受け入れようと思えたんだよ。本当にきれいとは思ってないからね。そこは誤解しないでね」

いや、きれいだよ、それは心の中で返すだけに留めた。

好きだと言ってもこれまでは受け流された。片思いというのはそういうものだが、思わぬ言葉で気持ちは届いたのかもしれない。

「それを言ったから、俺に家を教えてもいいと思ってくれたの？」

「私のことをこの世で一番理解してくれるのは孝洋だと思ったんだよ。孝洋がいいと言ったことならその通りにすればいい。心のお医者さんを見つけたって」

「だから俺は内科医だって」

「いいんだって。別にお腹が痛い時、先生に診てもらっただけでも治ることだってあるでしょ？」

「それはなくもないけど、俺がいくら言っても、亜理は今の仕事はやめないんだよね」

「うん、決めたことだから」

まるで運命であるかのような余計なことを言って、援助交際をすることを割り切らせてしまったようだ。

「借金はあとどれくらいあるの」

「もう少しかな」

減った額については教えてもらえない。いつからこの仕事をやっているのか分からないが、それなりの額を稼いだはずだ。

そこで暗闇の静寂を切り裂くように、ドアを叩く音がした。ノブがカチャカチャと動く音まで耳に突き刺さる。

「なに、これ」

布団に横向きで寝ていた孝洋は恐怖でおののきそうになった。

「しっ、声を出さないで」

潜め声で、亜理は布団にもぐりこんだ。

これがストーカーか。外に出ていって注意してやる、孝洋は布団から出ようとした。

「ダメ、孝洋も隠れて」

まだドアは揺れている。声がしないのが不気味だ。

「こういう時は男が出て行って、ガツンと言った方が」

「危ないから、行かないで。ケガするよ」

そんな凶暴な男なのかと、さすがに体は動かなくなった。いつしかドアの音が止んだ。

「ちょっと見てくる」

ドアスコープから確認しようと立ち上がろうとする。

「まだここにいて」

亜理に布団に引っ張り込まれた。

「あっ、まずい、カーテン開いている」

亜理が叫んだ。開いているといってもほんの少しだけ端まできちんとカーテンが寄っていなかった程度だ。覗(のぞ)かれることはないし、しかも部屋の灯りは消しているので、陽が暮れた外からは見えない。

その時、急に部屋が明るくなったのだ。

「キャッ」

亜理が声をあげた。孝洋も驚嘆して言葉を失った。

灯りがついたわけではなかった。一階のアパートの外から、ストーカーが懐中電灯を当てている。

まるで脱走した囚人を捜す看守のサーチライトだ。作業用ライトくらいの光量がある。

「だから亜理は電気を消してと言ったのか」

布団に引っ張りこまれた孝洋は、金縛りにあったかのように体が動かなくなっていた。

「そう、いつ覗かれるか分からないから」

「これ、警察に相談した方がいいんじゃないか。逮捕案件だよ」

ここまで悪質なストーカーと初めて知った。正常な人間ではない。

「無理だよ。そんなことをしたらあとでなにをされるか分からないから」

腕を摑むつかむ手に力が入り、いつも短く切り揃えられている爪が、孝洋の皮膚に食い込む。

「そうだよな、警察なんてアテにならないよな」

そう言って抱きしめた。ストーカーを注意しただけであとは放っておかれて殺された女性の事件を思い出した。

「亜理はこの男が誰なのか、もちろん分かってんだろ」

「……………」

「これが前に言ってたストーカーなんだろ」

お金だけもらってなにもしなかったせいで、連絡を絶ってからつきまとわれたと話していた。俺はなにもしないでおまえのために大金を使ったのに、どうして俺を裏切るんだと、逃げても逃げても追いかけてくると。

返事はなく、体をぶるぶると震わせているのだけは腕の中から伝わってきた。

援助交際の客なら本名を知らないのも当然か。

亜理は相手の名前も住んでいる場所も知らないのに、ストーカーは亜理の家まで知っている。亜理が男を連れ込むかを見張っていて、孝洋と一緒に入ったのを確認したのか。

背中に回った亜理の手に力が入り、囁き声がした。声が震えていてよく聞き取れない。

「今なんて言った。もう一度言ってみて」

体を離して訊き返す。亜理の表情から色が消えていた。

「……ゴーストなの。あの男、いつも突然、現れるの」

その日は結局、亜理の部屋に泊まった。

美織には高校の友達とばったり会って、みんな酔っぱらって帰してくれないから朝まで新宿のカラオケで過ごすと嘘の電話をかけた。結婚前からたくさんの不義をしてきたが、外泊したのは初めてだった。まだ結婚二カ月目だというのに。

翌朝は仕事だったため、朝七時には出た。

「ゴーストはもういなくなったかな」

「平気よ、昼間に来られたことは一度もないから」

亜理から昨夜の恐怖は消えていた。

「このアパート、引っ越した方がいいんじゃないの」

孝洋が言うより先に普通は引っ越しするだろう。

「お金がもったいないよ。今、家賃も上がっているし」

「命には代えられないだろ」

「どうせ引っ越したって、また現れるし」

そうなのだ。亜理が歌舞伎町界隈で援助交際をしている限り、ストーカーはいとも簡単に見つけ出す。なにせほかの女性とは一線を画す、独特の書き込みをしているのだから。

「それって、本当のゴーストじゃないよね」

「幽霊ってこと？　孝洋、幽霊なんか信じてるの？」

本気で心配したのに笑って流された。

「怖い人っていうのは間違いないんだね。俺があの時に外に出ていったら、ぶちのめされてしまうくらい」

「うん、ぶちのめされていたね」

あなたは喧嘩が弱いから勝ち目はない、そう断言されたように聞こえた。中学時代の弱い自分を知られている。

「念のために連絡先を教えてくれない？　こんなに会ってるのに亜理の電話もメールアドレスも知らないんだよ」

「いいよ」

教えたくないのかと思ったが、すんなりと交換できた。

仕事の休憩中に何度か電話をしたが、その後ゴーストは現れていないという。明るい声だったが、それは孝洋に心配をかけまいとしてくれているのだろう。あの夜、何度もドアを叩き、大胆にも外から作業用ライトで居留守を確認したストーカーに、亜理はいつか殺されるのではないか、孝洋は気が気でなかった。

「もしドアの錠を壊したり、窓を破って入ってきたらすぐ俺に電話して。家に帰った後でも俺が駆け付けるから」

夜は美織がいるので、電話に出るだけでも怪しまれる。それでも友達だと言って、警察には通報ができる。

その次の日曜も亜理のアパートで会った。

ホテルの方が安心ではないかと提案したが、亜理はアパートがいいと言う。アパートの入口で周囲を確認したが、見張っている人間は見当たらなかった。

「今日はお金は要らないからね」

「それじゃ、意味がないじゃない」

「やっと借金を完済したんだよ。だからもう仕事を続けなくていいのよ」

「本当、それは素晴らしい知らせだ」

　三日前からウェブデザインの仕事を探している。就職は難しそうだけど、在宅でやれるアルバイトならもらえそうだと告げられた。

「すごいね、千二百万を二十代の女子が返したってことか。たいしたものだよ、亜理は」

「本当はもっとあったんだけどね」

「いくら？」

「それはいいじゃない。それよりもこの二、三年はすごく無理したから体もへとへと。私も今年で二十七になるのよね。いつまでもこんな馬鹿なことはできないし」

　自虐的に言うが、さすがにそうだねとは言えない。とりあえずやめると決めてくれたことにひと安心し、深く聞くのはやめた。

「だけど心配なんだよね、また夜に怖い思いをするかと思うと。ほら、先週、風が強い夜があったじゃない？　ドアがガタガタするたびにまた来たかと思った」

「あれからゴーストは来てないいんだよね」

「実は一回だけ来た」

「そうなの。どうして俺に知らせてくれなかったんだよ」

「すぐに帰ったし、夜中だったから、孝洋に電話したら奥さんが怪しんじゃうんじゃゃないかと」

だから結婚しないと言ったのだ。それなのにまったく気のない振りをされ、猛勉強して医者になったのだから成功しなきゃと、背中を押されたようだ。

それが今は一緒にいたいと思える男に昇格したようだ。こうして家で会えるとは思えなかったし、援助交際をやめたのであれば、これからは亜理を独占できる。

だが優越感に浸れたのは束の間で、また驚きの谷に突き落とされた。

「それで、私もいろいろ考えたんだよね、夜を一緒に過ごしてくれる人がいないか。それでお客さんに聞いてみたの。孝洋みたいな既婚者ではなくて、独身の人限定で」

「えっ、客とこの部屋で過ごすわけ？」

「誤解しないで。なにもしないって約束だから」

「なにもしないわけないじゃん、一晩同じ部屋にいて」

亜理はじっと孝洋を見つめたまま、右の頬に片えくぼを作って笑った。

「へんなことをしたら私はその段階でその人を追い出すよ。私がこの仕事をやめるといったら、中には泣き出して、これからも会ってほしい、なにもしなくてもいいからと言った人がいたんだよ、そうした人の中から選んだから」

「その男は本当に大丈夫なのか」

「だから大丈夫な人を選んだんだって」

大丈夫と言われても、あの書き込みを見て、亜理と会っていた客なのだ。目的は全員同じ……。

「つまり亜理はお客さんと会いながら、自分を警護してくれる人を選別してたってこと」

「警護は変でしょ。家の外で見張るみたいじゃない」

「でも付き合うわけじゃないんだろ」

「当たり前じゃない」

「確認だけど好きな男でもないよね？」

「違うって。好きな人がいたら、その人と一緒に住むよ」

一緒に過ごす生活を楽しんでいるように聞こえた。自分は捨てられたとがっかりしたが、孝洋がよければこれからも日曜日に会ってもいいと言う。

「もちろん会いにくるけど、それだったら……」

ゴーストが怖いならとりあえずアパートを引っ越せばといい、もう援助交際をしないなら待ち伏せされることもない。そう言ったが、亜理は孝洋の話も聞かずに先に話を進めていく。

「それでこれからその人と会うんだけど、本当に大丈夫な人かどうか、孝洋も会って確かめてほしいんだよ」

「えっ、俺が確かめるの？」

また脳が溶けそうになるようなことを言う。

「だって孝洋はお医者さんじゃない。見抜けるでしょ？」

心療内科も医学部時代には学んだ。だが相手の隠れた欲求まで見抜くなんて無理だ。

「その男には、俺のことをなんて言ってるの」

「私のことを一番理解してくれている人って言ってるよ。あとは同級生って」

「同級生ね」

むくれたが、こんなことでいちいち目くじらを立てていたら、真っ先に嫌われると気持ちを抑える。

「一緒に会ってくれる？」

「それは、いいけど……」

浮気された男が間男に会って問い詰めるというのは聞いたことがあるが、これから浮気する相手と会うのは前代未聞だ。

いや亜理は、肉体関係は持たないと約束した。

出会い系サイトで知り合った客ということでは、これまでは孝洋も同じだった。同じ立場だった自分が、一緒の部屋にいても体を求めたり嫌らしいことをしたりしないかなど、確かめてもいいのか。

考え込んでいると、亜理は電話をかけ、数秒で終えた。

「今から来るって、一時間後に近くのファミレスで待ち合わせをした」

孝洋が三カ月ほどかけて知った電話番号を、その男も知っているようだ。

その日も朝から冷たい雨が降っていた。

亜理が一緒に入っていこうというので、一つの傘に恋人のように腕を組み、ファミレスに到着した。

入口の傘立てに傘を入れる。中を眺めると、窓際の席に座っていた孝洋より少し年上らしい小太りの男が黙礼した。ずっと見ていたから、腕を組んで歩いてきたのもきっと見られた。

「すごい雨なのに、来てもらってごめんね、濡れなかった」

亜理はそう言って、コーヒーを頼んで座っている男を気遣った。

男と対面する席に、孝洋は亜理と並んで座る。

「こちらが前に言った佐藤孝洋さん、仕事は薬剤師」

亜理からは迷惑がかかると悪いからと苗字を変え、仕事も薬剤師にしたと事前に聞いている。

「佐藤です、はじめまして」

生まれて初めて偽名を名乗った。

違和感は拭えなかったが、男の方はこの不可思議極まりない面接に、疑問を抱いている様子はなかった。

「わたくし小深田隼人と申しまして、ＩＴ関係の会社に勤めています。歳は亜理さんと佐藤さんより三つ上の二十九歳です」

ジャケットにＴシャツ姿の男は、就活生のようにはきはきと答えた。

9

近本アーバンクリニックの院長、近本勝昭は洸の顔を覚えていた。

「あの時の刑事さんだね、確か野方署だと言っていたけど、今は警視庁なんだ。捜査一課とはすごい出世だね」

「出世ではなくて単なる異動です。あの時は私も救急車を呼ぶべきか迷っていて、先生が診てくれて助かりました。なによりも覚えていてくださり光栄です」

「そりゃ覚えていますよ。あなたはこんな金持ちしか相手にしない医者が、犯人の手当をしてくれるのかと疑がった顔をしていたもの」

「そんなことはありませんよ」

否定したが、一般患者は相手にしない病院だと思ったのは事実だった。近本から「一応、診察しましょう」と言われて院内に入った時、木製の豪華な受付カウンターにロングヘアーの女性が座っていたことからして、場違いな感じがした。

「そう思われても致し方ないけどね。コロナ患者が殺到しても、うちは発熱外来からしてやってないし」苦笑いを浮かべた近本は、「そういう顔をしたのは、あなたではなく、もう一人の年上の刑事さんだったかな」と言った。

張り込みを被疑者に気づかれたのは、DVで逮捕された男の妻と交際していることが発覚し、今は謹慎中の菅原だった。

　マンションのエントランスを張っていた自分のミスであるにもかかわらず、菅原は通り沿いの非常階段で張っていた洸が気付くのが遅くて、被疑者が無謀に車道に出たと、刑事課長に報告した。

「まさか孝洋くんが殺人事件の容疑者になるとは信じられないね」

「現時点の容疑は傷害罪です。殺人の方はまだ逮捕もされていませんし、被疑者にもなっていません。あれは新聞が勇み足で書いたので」

「傷害だけでも私には驚きですけどね。過剰防衛の件も知らなかったので。暴力なんて過去に一度も振るったことはないと感じたほど、彼はおとなしかったから」

「誤報でしたが、メディアに柿沢孝洋と名前が出た時はどう思われましたか」

　阿部が尋ねた。

「ホッとしたと言ったら、不謹慎で被害者に申し訳ないよね。だからゾッとしたという感じかな」

「ホッということは娘さんと離婚されていたからですか」

　なにも不謹慎なわけではなく、このクリニックの医師をやめていることもそうだし、婿であるのと元婿であるのとでは大きな差異がある。

「そうだね、娘と別れたのは去年の一月だから、事件の三カ月前か。ともあれ、娘が殺人犯と婚姻関係にあったという事実は変わらないのだけど」

「ですからまだ殺人犯かどうかは」

「ほぼ確定なんでしょ？　だからこうして捜査されている。違いますか」

「柿沢孝洋はどういう医師でしたか」

困惑しながらも洸は質問を変えた。

「真面目な男でしたよ。あとはセンスがあるというか」

「センスですか」

「医師もセンスがある者とない者とではまったく違うんですよ。手術ではとくにいい方向になることも悪い方向に向かうことも、先々を読めるかが重要です。彼は元々手先が器用だったせいもあるけど、なによりも勇敢だったね」

今度は勇敢と言う。

「すみません、医師の職務について不勉強なもので、詳しく説明していただけますか」

「医師に必要なのは、なによりも先に勇敢さであるというのが私の考えです。オペは失敗すれば、患者の命を失う怖さもあるわけですから、勇敢でない医師はどうしても躊躇して、前に進まない方を選択してしまう。だけどきちんと先を読める医師は自信を持って進めるわけです。ただ、いざその時になって勇敢になれるかどうかは、普段の仕事、いいえ、仕事以外でもどれだけ折り目正しく生活できるかにかかってきますけど」

「真面目な医師でないと勇敢にはなれない。院長はそれができていると、彼を高く買っていたということですね」

「それまで大学病院に頼んでいたオペでも、数日で退院できるものは全部彼に任せましたからね。夫婦のことだから別れたのは仕方がないけど、クリニックにとっては、いなくなったのは大きな痛手でしたよ」

「彼はいつからここに勤務したのですか」

「娘と結婚した翌年の四月に来たから、六年前になるのかな」

「この病院で勤務することは結婚前から決まっていたのですか」

「本当は結婚後に彼の初期研修が修了したら、うちに来るはずだったんですよ。それが彼の方が今、クリニックに行っても足手まといになる。もう一年大きな病院で勉強していいですかと言ってきて、遅れたんだけど」

「勉強熱心だったんですね」

「うーん、それがね」

　途端に歯切れが悪くなった。

「どうかしましたか」

「研修医の二年目の終わりあたりから、仕事中も心ここにあらずのようになって、よく先輩医師から注意されていたそうです。それなのにもう一年その病院に残りたいと言ったものだから、医師も呆気に取られたみたいで。私もそれまでは優秀だと聞いていたのにどうしたんだろうか、もしかしたら娘はハズレの医師と結婚したのかなとその時は心配しました。あっ、彼が勤務していた病院の部長は私の大学の後輩で、ツーカーの間柄なんです」

「不真面目になった理由を病院側はなんて言ってましたか」

「さぁ。医師というのは次々と患者を診ていくロボットみたいに言われますけど、内心はいろいろ考えてるんですよ。口にはできないけど、亡くなれば自分の執刀ミスを疑うし。そういうものは若き医師の悩みだけど、孝洋くんもそうであってほしいとは思いました ね。そうした悩みに陥るのは、裏を返せば優秀さのしるしなので」

「クリニックに来てからはどうでしたか」

やめたことで大きな痛手だと聞いた。近本の説明は予想した通りだった。

「うちでは浮ついた面はなかったね。彼は真面目なんで、あのままのメンタルでうちに来たら迷惑がかかると、気を引き締めて学び直したんじゃないかな。本人に直接聞いたわけではないので分かりませんけど」

「そうした話をする機会はなかったんですか」

「娘たちとは別々に住んでいたし、うちは入院設備もあるので、彼は毎晩遅くまで病院に残って、患者の術後管理に精を出していました。昼でも夜でも忙しく働いていたから、お茶を飲んで話した記憶も数回しかないです。家族で食事をしたけど、そうした場には必ず娘がいたし。だいたい研修した病院ではなにか落ち込むことでもあったかなんて、一人前の医師に改めて聞く話ではないですよ」

「このクリニックを継がせるおつもりでしたか」

「もちろんですよ。一人娘の婿だし、娘は心療内科を選択したから、院長というわけにはいかないし。と言いつつも彼と将来について話したことは一度もなかったけど」

「そういう話をするにはまだ彼は若かったということですか」

「うーん、それより私には彼がどう考えていたのか分からなかったな」

「それはどうしてですか？」

「ほら、彼のようなことはなんて言うかな。私が若い頃だと、小人閑居して不善を為すって怒られたけど。小人などと言ったら彼に失礼だけど、野心とか欲はないのかと思うほど、クリニックでも与えられた仕事を黙々とやるだけ。休みの日もとくに趣味もなく、ずっと部屋に閉じこもっていると、娘が嘆いていたから」

言葉の意味が分からず、洸も阿部もぽかんとした顔をしているように見えたのだろう。

「つまらない人間が暇を持て余すとよくないことをするという意味ですよ。もっと野心を出さないとつまらない人生で終わってしまうよ、と本人に向かって言ったこともありますよ」

近本から説明を受けた。

「初めて聞く言葉だったので、勉強になりました」

素直に礼を言う。阿部も頭を下げた。

「クリニックでは月に一回、経営会議をやって、そこには孝洋くんも出席させたけど、経営については一切口出ししなかったからね。言ったことと言えば、うちに来る前、クリニックのホームページを作ったらどうですかと言い出したことくらいかな」

「それまでホームページはなかったのですか」

「うちは口コミというか、患者の紹介で十分成り立っていたから。だけどこうしてパンデミックに陥った時、ホームページがあってよかったとホッとしてますよ。ホームページで発熱外来はやっていないと掲載したおかげで、コロナ関連の電話はほとんど鳴らなかったから。ホームページがなければ、受付はその応対で手一杯になってただろうね」

洸は片手でスマホを操作した。近本アーバンクリニックのホームページはすぐに見つかった。

豪華なクリニックらしくなく、簡素なホームページだ。自由診療部分が多いいわゆるプライベートクリニックなので、この程度でいいのだろう。

「昨日発売の週刊時報を院長は読まれましたか」

新宿署の刑事部屋でも騒ぎになった週刊誌を持ち出す。

「見ましたよ、ネットニュースでですけど」

「娘さんと離婚された原因が、柿沢の女性関係にあるかもしれないと知った時はどうお感じになられましたか」

これも捜査一課長が出所かは定かではないが、週刊誌には柿沢孝洋と、被害男児の母親は、中学の同級生で、不倫関係の疑いがあるとまで書いてあった。ちなみに東洋新聞は《過剰防衛で逮捕された医師》と匿名報道しており、実名が出たのはこの週刊誌が初めてだ。

近本は唇を引いてしばらく考えていた。

「それはまぁ、夫婦のことだから」

先ほどは別れたのは仕方がないと言ったが、それと似たセリフを繰り返す。顎に皺が寄って、なにか言いたげな感じがした。阿部も感じたのか、二人して近本が言葉を発するのを待つ。

長い沈黙が過ぎ、ようやく唇が動いた。

「うちの娘にも問題があったみたいなので」

「問題とは」

「恥を忍んで言いますが、娘にも相手がいるんです。どうやら孝洋くんと離婚する前からの知り合いみたいだね」

「そうした事情があったんですか」

知り合いと曖昧な言い回しをしたが、要は付き合っていた、不倫していたという意味だろう。そう言えば柿沢も、離婚は亜理とは無関係だと話していた。

「だから孝洋くんが昔から好きだった女性と一年半前に出会っていたと書いてあったことに、私の中で胸のつかえが取れたという気持ちもありました。ずっと孝洋くんに申し訳ないなって後ろめたさを持ってましたから」

柿沢に女がいたことに、胸のつかえが取れたと吐露するのだから、この院長はいい人なのだろう。

「そのお相手と再婚されるのですか」

その質問は阿部がした。

「それがまたいろいろ問題があってね……」

相手も既婚者だと聞こえた。すぐに近本は言い直す。

「余計なことを言ってしまいました。なにも良からぬ関係というわけではないですよ。ただの友人って意味です」

「大丈夫です、事件とは無関係のことなので、誰にも言いませんので」

信楽と泉には報告するが、二人とも捜査一課長に不信感を抱いているから、上には伝えないだろう。


「まったく、どいつもこいつもだな」

クリニックを出たところで阿部が言い捨てた。

小深田亜理に思いを抱いていた柿沢だけではなく、その頃に婚姻関係にあった妻も不倫をしていた、さらに亜理の夫、小深田隼人も愛人がいて離婚している。方々で乱れた関係を聞かされ、洸もうんざりだった。

「今はそういうのは珍しくない時代ですからね。結婚しても恋愛するのは悪いことではないという風潮と言うのか、婚姻関係にとらわれないと言うのか、どちらもいい風に捉(とら)

えればですけど」

「ネットで検索すると、既婚男性の四人に三人、女性も三人に一人は、一度は不倫経験があると出てるな」

　スマホを見ながら阿部が言う。

「そんなにですか」

「森内はないのか」

「まさか、考えたこともないですよ」

「おまえの奥さん美人で有名だものな。だけど小深田隼人が浮気したんだから、顔なんて関係ないか」

　なんて答えていいか困惑した。どう答えようとも、妻を自慢しているように聞こえる。容姿の優劣によって、不倫につながるわけではないと以前参加したセミナーで聞いたのを思い出した。その時の講師によると、男女とも不倫につながるのは夫婦のコミュニケーションがうまくいかなくなったことが主な理由と言われているが、女性の場合はパートナーに対する期待が薄れ、失望などから新しい出会いへと心が動かされる、とのことだった。

　そして不倫相手にのめり込めば、夫への恋愛感情は消え、性交渉さえ避けようとする。

　一方の男性の浮気心は幼くて、恋愛ごっこの範疇(はんちゅう)を出ない。

　妻は妻、不倫相手は不倫相手と分けて考えるから、不倫相手だけでなく、妻とも同じことをする。

とくにエリートでプライドが高く自己評価も高い男は、どうして自分を好きにならないのだといっそうムキになる。家庭を捨てる覚悟などないくせに、振り向かせるために「いずれ女房と別れる」「子供が成人したら一緒になろう」などと無責任な言葉を並べていくから質が悪い。

ただし講師はこうも言っていた。以前ならデータをとれば男性はこう、女性はこうと偏りが出たが、今の時代はそれぞれの性の中で細かく分類されるようになった。こうした面にも多様性が現れていると。

「阿部さんって独身ですよね。結婚しようと考えたことはないんですか」

洸より三歳上、三十三歳になる阿部は、柿沢ほどイケメンではないが、清潔感があってモテそうな感じはする。

「彼女はいたけど、なかなか踏み込めないんだよね」

「もう少し遊びたいって感じですか」

冗談で言ったつもりだったが、阿部は「そういう時期もあったな」と素直に認めた。

「阿部さんも二股かけたりしたんですか」

「バカ言え、こんな仕事をしていると、そういった匿名の通報でもいろいろ影響するじゃないか」

ムキになったところが怪しいと思ったが、先輩を立てて「一応、お巡りさんは社会のロールモデルでなくてはいけないと、警察学校でも教わりましたものね」と言った。

「実際は警察でも不倫で処分とか、派出所で性行為をしたとか、びっくりするような処分が出るけどな」

「毎回、そうした処分を見るたびに、度胸あるなと感心してしまいます」

「感心してどうするんだよ」

「すみません」

頭を掻いた。ただし最近はわざとリスクを愉しんでいるのではと考えるようになった。それこそ警察官は社会のロールモデルという枠の中にいることに窮屈さを感じ、それを壊そうとしているのか。明るみに出れば運が良くて依願退職、最悪は懲戒と、一生を棒に振るというのに。言い換えればそこまでの代償を背負うからこそ、やってしまうのかもしれない。警察官の服務規程違反に限らず、自分たちが捜査する犯罪の中にもそういった動機がいくらかある。

「今回の捜査でますます結婚しようという気が失せていきそうだよ。結婚するということはなんでも打ち明けられる、信頼のパートナーを作るってことだろ。だからこそなにがあっても家族を守る、家族を応援するという考え方につながるわけじゃないか」

「僕もそう思います」

「その夫婦がお互いに隠しごとをしているわけだろ。俺に言わせたらだったらどうしてあんたら結婚したんだよと思うわけだよ」

怪しさを覚えたのを申し訳なく思ったほど、阿部は真面目で純粋だった。

10

瑠璃は七時十分には信楽の通勤路であるコンビニの前に立っていた。

まだ十五分もある。藤瀬からは「向こうは時間通りに来るんだからその時間ピッタリに行けばいいのよ」とアドバイスをもらったが、電車に遅れたり、一度家を出てから忘れものを取りに戻ったりと不測の事態を予測すると、どうしても余裕を持ちたくなる。

瑠璃は家を出てから忘れものを取りに帰る回数は滅法多い。

仕事の資料もあるし、取材ノートを忘れた、ペンがない、最近一番多いのはマスク……道行く人の姿にハッとして、取りに帰ったのは一度や二度ではない。

覚えなくてはいけないことは確実に記憶できるのだが、頭が先へ先へと走って、肝心かなめの日に限ってポカをする。

遅刻したらその時よ、次の日に行けばいいんだから――きっと遅刻をしない藤瀬からはそう言われたが、瑠璃には藤瀬のような大胆さが欠けている。

慎重だからといって、几帳面(きちょうめん)なわけではなく、普段の瑠璃はなにをするにしてもルーズだ。

部屋もきれいではないし、いろんな面でだらしないと思う。これも両親譲りだ。学者の父も医師の母も、仕事や研究となると他のことには目もくれないほど何時間も集中するが、そのせいで家事や子育てはそっちのけだった。

普通、そうした親のもとで育った子供は親の愛情に飢えるが、放っておかれた時間が尋常ではなかったせいか、子供の頃から瑠璃は自立心が強かった。

幼稚園くらいから勝手にふらふらと家を出て、親が気付かぬうちに戻ってきた。よく誘拐されたり事故に遭ったりしなかったと思う。今回の飛翔ちゃんのような事件を知るたびに自分に置き換え、ぞっとする。

七時二十五分ちょうどに黒シャツが角を曲がってきた。

「おはようございます」

ここはいつも通り、返答なしだった。

「今日は私も黒で来ました」

黒いポロシャツに黒のパンツだ。家を出る時に、鏡を見て全然似合っていないと自覚したが、これも会話のつかみである。

「切れ者の切れ者が言うには、日焼け防止にはいいんだっけ？」

「はい、シミ予防にはなります」

笑みを浮かべて信楽の横顔を見た。信楽はその年代にしてはシミのないきれいな顔をしている。

「ですけど私はクロスワードが藤瀬さんより強いだけで、その呼び名はおこがましいです」

「切れ者より切れる頭があるんだから、それでいいじゃないか」

「そう言ってもらえると、信楽さんが気に入る情報を探ってこようと、仕事にも気合が入ります」

なにも警察の捜査に協力しているわけではない。瑠璃の仕事は記事を書くことだ。ただし内偵捜査がメインの信楽には、警察が知らない情報を求められると藤瀬からも言われている。

「それにしても今日は暑いですね。熱中症に気をつけなきゃ、ですね」

天気予報では今日は今年最高の猛暑日になるらしい。インドア派の瑠璃には嫌いな季節が近づいてきた。

「で、なんの用だね」

信楽から用件を聞かれた。会話のウォーミングアップはできたと感じた瑠璃は、直球の質問ではなく、少し雑談をしてタイミングを計ることにした。

「週刊時報に、子供を殺したと自供した医師の実名と、三歳児の母親との関係が出ていましたね」

大阪の中学の同級生で、一年半前に新宿で再会した。その後、何度か密会を重ねたが、子供の多動症の疑いに悩んでいた母親が、交際を断った。それを恨んで医師は男児を殺害した……。

同級生だった男がストーカーになったことまでは、最初に報じた東洋新聞が書いていたが、週刊誌は二人の仲を疑うような内容だった。

「週刊誌の記者ならうちにも来たよ。二人は不倫関係なのかと訊かれたけど、俺は分からないよとしか言わなかった」

「そんな不確実なことを書いて、あとで違ったらどう責任を取るんだ、と言ってやればよかったのに」

「言ったところで、書くやつは書く。裏も取れずに書くマスコミは、自分の書いた記事にも責任を持たない、だろ？」

「はい、そうですね」

無責任な記者が多いのは信楽が言う通りだが、メディアが考えているのは、責任云々より、訴えられる怖さがあるかの方が強い。

訴えられると思ったら書かない。だが今回の事件のように、柿沢は別件で逮捕され、息子を失った小深田亜理も裁判どころではない、そう見るとこれは書き得だと報道合戦になる。

しっかり裏が取れた情報ならいい。だがまだ不確定要素の多い内容にもかかわらず、池に落ちた犬はたたけとばかりに、記事にする記者や媒体と、瑠璃は同じメディアの一員として一緒くたにされたくはない。

「週刊誌といえば、私が所属している調査報道班の一人が週刊誌出身なんです」

瑠璃が用意していた話を切り出した。

「その記者が、ある時、金一封を設けて、読者に情報提供を呼びかけようと言い出したんです。新聞記者って取材は無料って考えで、基本は謝礼を払わないんです。その先輩曰く、紙面に載せてやるんだからありがたく思えという驕った気持ちがあるから、新聞は情報から置いてかれるんだと。金一封と言っても、一万円程度なんですけど」

なにをくだらないことを言い出したのかという顔で、信楽からは相槌もなかった。それでいい。瑠璃もわざと遠回しに話している。

「その情報提供サイトの名前は目安箱と言います」

「目安箱ってなにかとか、俺に得意のクイズでも出す気か」

いつもの自販機の前に到着し、信楽は定期入れを出してＩＣカードで炭酸水を買った。

「あなたは」と言われたので、「いただきます」と答える。信楽は瑠璃が前回指定したミルク無しの無糖のアイスティーのボタンを押した。

「今年最高の暑さになる日に、朝からクイズなんて出しませんよ。本来ならタレコミボックスって言った方がいいんでしょうけど」

目安箱とは江戸時代に庶民からの不満を受けるために設けたもので、正直、週刊誌が設けるならまだしも、新聞には情報は来ないだろうと見ていた。

前回同様、信楽が動かないので、「いただきます」と礼を言い、屈んで自販機からアイスティーを取りだす。

「そこに投書が来たんです、といっても本人ではなく、自分の友人が柿沢孝洋を知っているってことだけなんですけど」

柿沢と名前を出したが、信楽は気に留めることなく、マスクをずらし、キャップをあけて炭酸水をぐびぐびと飲み始める。

「その人が言うには、友人が柿沢孝洋と一緒に、女性の家で暮らしたことがあるそうです」

「シェアハウスってことか？」

少しだけ関心を示した。ここからがその男が言ったことが事実なのか、大事な鍵になる。

「その女性とは今回殺された男児のお母さんです」

「なんだって？」

「ただ苗字は小深田ではなく塚本亜理さんだと言っていましたけど」

信楽は飲んでいた炭酸水を吹き出しそうになった。手首で口を押さえてから、ペットボトルの蓋をする。

「いま、塚本亜理って言ったよな」

「言いましたよ、気になりましたか」

「気になるもなにも小深田は結婚していた相手の苗字で、彼女の旧姓は塚本だ」

「やっぱりそうでしたか。じゃあ、会いに行った情報提供者が話したことも本当だったんですね」

「あなた、その情報提供者に会いに行ったのか？」

「行きましたよ。でないと信楽さんに伝える情報にならないじゃないですか。ガセネタの可能性もあるし。行ったことでさらなる収穫もありました」

「収穫とは？」

「暮らしたわけではない、ただ塚本亜理という女性の家に週二で泊まりに行っていた。そこで柿沢孝洋と知り合ったと話していたそうです。柿沢は違う苗字を名乗っていたけど、ある日、友人がこっそり鞄を覗いたら、中に病院の身分証があって、医者だと知って目を疑ったとか」

「そこまで言えば間違いないな」

「ですけどそれって七年くらい前だと言っていました」

「七年前だって？」

　信楽は炭酸水を飲むのも忘れ、瑠璃の顔をじっと見ている。

　それまでは提供者の話がどこまで事実かと疑っていた瑠璃にも、この情報が有意義であることは感じ取れた。

「その男の名前を教えてもらえないか」

「情報提供者は教えられませんが、塚本亜理さんの家に泊まりに行った男の名前なら話せます」

「その男だけで充分だよ、むしろそっちが知りたい」

「これです」

あらかじめ破っておいたメモをバッグから出した。名前だけでなく、住所も聞いてきた。

「あなた、その提供者から、この情報は警察に言わないでくれと頼まれなかったのか」

「私がひと言でも警察と出せばそう言われたでしょうね。友人の話を、うちの金一封が目的で投書してきただけなので。ですけど私が警察とは一切口に出さなかったので、なにも言われていません」

「さすが切れ者の切れ者だな」

からかったのではなく、本心から信楽に認められたような気がした。

得意の「分からないよ」で終わらないよう、わざと信楽がじれったくなるように遠回りして話した。どうやら取材した中身は警察も知らない内容だったようだ。

そうはいっても瑠璃の手柄ではなく、無意味だと思った目安箱を設置しようとした先輩記者のヒットなのだが。

11

洸が捜査一課の刑事と名乗ると、片山元気（かたやまげんき）という三十六歳の男は目を大きく見開き、顔を紅潮させた。

「その話、誰から聞いたんですか」

「それはお話しできません」

「あいつらですね」

そう言って二人の名前を挙げた。中央新聞に情報提供した者の名前は聞いていない洸だが、情報提供者に配慮して「違います」と答えた。

「いいや、あいつらのどっちかで間違いない。話したのはあの二人だけだから。そうだ、ヒロのやつ、前に警察の捜査に懸賞金が出るって話をしていたな」

「この程度の情報に懸賞金など出ませんよ。だいたいその話をされたのはいつですか」

「先週ですよ、飲んだ時に」

「酔いの席での話なら、他の人にも話してるんじゃないですか」

思い当たることがあったのか、片山は口を結び、顎に皺を寄せた。洸は彼の仕事や家庭環境などを確認する。

不動産会社に勤務していて、四年前に結婚した妻と、子供がいる片山は、中肉中背、厚い上唇が特徴的だった。

横浜市内のマンションを出てきたところで、阿部とともに呼び止めた。今は捜査車両内で話している。

「小深田亜理さんとの話って、どういった感じで他人に話したんですか」

阿部が質問した。

「どういった感じとは？」

「いえ、今は家庭を持っている片山さんが、過去に女性と暮らしたとか、そういう話って普通は隠したいものじゃないですか」

「それは週刊誌に亜理ちゃんとあの男の名前が出たから話しただけですよ。俺はあの二人を知っている、というかこの週刊誌に出ている女性を共有したことがあるって」

共有と言う言葉が引っかかったが、片山が話し続けるので、そこは聞き流す。

「独身の時の話だから言えたんですよ。だから妻とかに知られたらまずい話なんです」

「大丈夫ですよ、ただ柿沢孝洋と当時の塚本亜理さんについてお尋ねしたいだけなので、ご家庭や会社には話しません。それより今、共有と言いましたが、それってどういう意味ですか」

中央新聞の記者は、週に二日、亜理の家に泊まりにいっていたと信楽に話した。そこには柿沢孝洋もいたと。シェアハウスを想像したが、片山から出てきたことは衝撃的だった。

「亜理ちゃん、風俗嬢だったんです」

「風俗の仕事をしてたんですか」

「それって言っちゃいけなかったかな」

まずいことを口走ったと感じたのか、また黙った。

「その部分を詳しく教えてください、ご迷惑はかけませんから」

そう頼むと、片山は話の先を続けた。

風俗嬢と言ったが、当時の亜理が「こんな風俗嬢に本気にならない方がいいよ」と言っていただけで、出会い系サイトの援助交際で知り合ったそうだ。条件を尋ねると「歌舞伎町のホテルで二時間三万円でした」と片山は答えた。

「でも俺が援交で会ったのは数回だけで、ある時、亜理ちゃんが援交はもうやめる、今後はこういうことはできないけど、ゴーストが怖いからうちのアパートに泊まりに来ないかって、誘ってきたんです」

「ゴーストってなんですか」

霊感が強いのかと思ったが、「ストーカーですよ」と片山は即答する。

「ストーカーがいたんですか」

「ああいう仕事をしていたらいるんじゃないですか。風俗店で働いていてもストーカーされるって嬢から聞いたこともあるし。店は全然守ってくれないみたいですよ。まして彼女の場合フリーでやってたし」

「亜理さんは風俗店には勤務していなかったんですよね」

「一応、俺にはないと言ってましたけどね。そのストーカーから身を守るために、客の中から家に泊まる相手が三人選ばれたんです」

「三人もいたんですか」

またびっくりする。

「三人が週二回、順番に亜理ちゃんと夜を過ごすわけです」

「それっていつから」

「始まったのは七年前の四月でした」

すらすらと話すが、一緒に夜を過ごすことがどういった意味を持っているのか、一晩貸し切りの風俗のようなものなのか、それとも援助交際はやめると言ったということはそういう関係はないのか、まったく頭がついていけない。

「三人の一人が柿沢孝洋だったのですか」

阿部が尋ねた。

「違います。柿沢は結婚していたので、三人に入っていません。彼は亜理ちゃんがもっとも信頼している人で、俺らは彼に面接されました」

「面接とは？」

「会っていろいろ聞かれるわけです。これからはお金は払わなくてもよくなりますが、今までのような行為はできません、その約束は守れますかとか」

「今までの行為とは？」

セックスのことだと察しはついたが、一緒に夜を過ごして、なにもせずに済むのか、あえて片山に喋（しゃべ）らせる。

「プラトニックということです。同じ部屋にいても、一切手を出してはいけない。ゴーストからの守り役ですから」

予想した通りだった。そんな男三人を、柿沢が面接した。しかもそれは柿沢と亜理が再会したと供述した一年半前ではなく、七年も前のことだという。

結婚していた柿沢は毎日、亜理のアパートに泊まれなかったのだろうが、どうして三人必要なのだろうか。その謎はその後の片山とのやりとりで、少しだけ解けた。

「亜理ちゃんに手を出させないために、三人にしたんだと思いますよ」

「増えれば増えるほど危険度が増すじゃないですか」

「手を出したら出禁にすればいいじゃないですか。要は守ってくれる人を探していたわけだから」

そうだった。一緒に住む目的はゴーストというストーカーから守ることだった。

「柿沢がそう言ったんですか」

「いいえ、三人にしたのは柿沢じゃなくて、亜理ちゃんだと思いますよ」

「どうしてそう思うのですか」

「日曜は柿沢が朝から亜理ちゃんの家にやって来て、俺らが土曜日に泊まると、翌朝、彼と鉢合わせするわけです。何回か一緒に、亜理ちゃんが作ってくれた朝ごはんを食べましたけど、柿沢って、いつ会っても面白くなさそうな顔をしていたんで」

「面白くないとは？」

「疑っていたってことですよ」

そう言って鼻根に皺を寄せた。

「肉体関係があったかどうかですね。実際はどうだったんですか」

「ないですよ、せいぜい手をつないだくらいです」

「キスは？」

「とんでもない。あったら亜理ちゃんに追い出されてますって」

「男と女が一晩一緒に過ごすんですよね？」

「本当ですって。そうした約束から始まっているので、こっちだって守ります」

「元々は援助交際をしてたのに？」

「援交をやめてからの話ですからね。信じてもらえないかもしれないけど、亜理ちゃんっていろいろ難しいところがあったから」

また意味深なことを言った。黙っていると片山は、ある朝の出来事を話し始めた。

「亜理ちゃん、時々病むことがあって、ある時なんかシャワー室に入ったまま、一時間以上出てこないんです。気になってドアを開けたら、自分の体が汚れているって、全身を石鹸でゴシゴシ洗っていて」

「汚れてるって？」

「パニックになっていましたね。こっちもどう対処していいか困って、とりあえず亜理ちゃんの携帯を借りて、柿沢に電話をしました。そしたら柿沢がやってきて、バスルームで亜理ちゃんを宥めてくれました。三十分ほどして、『落ち着いたのでもう大丈夫です。あとはよろしくお願いします』と言って、仕事に行きました。人間って幸せも不幸も入るスペースが限られている。だから幸せになるには、一つずつ不幸を消していかなくてはならない……確かそんなことを言われたって、亜理ちゃんから聞いた記憶があります」

「なんか保護者みたいですね」

「心のお医者さんですからね」

「なんですか、それ？」

「亜理ちゃんがよく言ってたんです。本物の医者だからなのかどうかは知りませんけど」

さっきは柿沢が面白くなさそうな顔をしていたと話したが、今は明らかに片山が不快さを見せた。

「そうした生活がどれくらい続いたんですか」

「俺は七ヵ月半の十一月で脱落しました」

「どうしてですか」

「そりゃ、わかるでしょ。刑事さんだって男なら」

「なにもさせてくれなかったからですか」

期待通りの答えをしたことに、片山は嬉しそうだった。

「何度かトライしましたけど、亜理ちゃんに拒否られて。そうは言っても、誰ともしていなかったわけではないんでしょうけど」

「本命の柿沢とは関係はあったという意味でしょうか」

「亜理ちゃんはないと言ってましたけど、俺はあったと思ってますよ。心の医者どころか、本物の医者で、しかも柿沢だけは偽名を使うことが許されてたわけだし」

「どうして偽名だと分かったのですか」

「いったいあいつ何者だろうかと気になって、二人がコンビニに買い物に出た間に、柿沢のバッグを探ったんです。偽名だったことより、薬剤師と聞いていたのが医師だったことに目が点になりましたけど」

中央新聞の向田瑠璃という記者が話していたことと一致した。

「もういいですかね」

片山はスマホで時間を確認した。すでに十五分が経過した。

「会社の就業時間に遅れてしまいますね」

「今日はいきなり営業回りなので、それはいいんですけど、こんなところを近所の人に見られたら、あらぬ噂を立てられそうで」

サイドにはスモークの貼ってある車内で聴取しているが、助手席に座らせたので、フロントガラスを通して外からは覗(のぞ)かれる。

「営業先の近くまでお送りしますから、もう少し詳しく聴かせてもらってもいいですか」

「話すことはなにもないですよ。結局、俺は振られたんだから」

「片山さんから出ていったんじゃないですか」

「そうだけど、結局、亜理ちゃんは結婚するわけじゃないですか」

彼が言っていることがまた分からなくなった。

「柿沢のことを言ってるんですか」

「違いますよ。彼女、小深田亜理になったわけでしょ。その夫って、隼人くんでしょ?」

「小深田隼人さんも知ってるんですか?」

「知ってますよ、彼もゴーストから守る三人のうちの一人だったんですから」

「小深田隼人さんも援助交際の客だったんですか」

驚きのあまり声が上ずったが、片山は首筋を掻きながら面倒くさそうに言う。

「そうですよ、俺ら三人は都合の悪い日があると交替できるように連絡先を交換していたんです。オフ会みたいに三人で酒を飲んだこともあるし。途中から三人全員が、翌日が休みだからと、金曜日の取り合いになりましたけど」

頭がフリーズして話についていけない。

小深田隼人からは、亜理とは仕事で知り合ったと聞いていた。IT企業にいた小深田と、ウェブデザインをやっている亜理だから、とくに疑問を持たなかった。

それが出会い系サイトで援助交際をしていた女性と客の関係だったとは。普通そのような女性と結婚するか。

いや、問題はそこではない。片山がそうなら、小深田隼人もまた、柿沢孝洋に会っているはずだ。

「結局、隼人くんだけは最後まで我慢したんでしょうね。失敗しましたよ、亜理ちゃんと結婚できるなら、俺ももう少し辛抱すればよかった」

妻子がいるというのに、彼はつまらなそうに口をつぼめる。

「騙(だま)されたな」

阿部が呟(つぶや)いた。

「本当ですね」

洸も阿部に返す。

「騙されたって、なにがですか」

片山は困惑しているが、説明は省いた。

脳裏に柿沢孝洋の写真を見せた時の小深田隼人の反応が浮かんだ。

小深田隼人は、片山と違って柿沢の本名は知らなかったのか。

知るどころか、七年前に亜理から面接官として紹介された男が、まさか自分と亜理との間にできた子供を殺したとは思いもしなかったのだろう。

「今すぐ小深田の会社に行こう」

「はい、阿部さん。片山さんはここで結構です。ありがとうございました。早く車を降りてください」

「えっ、営業先まで送ってくれるんじゃないですか」

「事情が変わったんです。早く降りて」

片山がぶつぶつ言いながら助手席から降りると、後部座席に座っていた阿部が移動してきた。

シートベルトを締めると同時に、先にエンジンをかけていた洸はアクセルを踏んだ。

12

小深田隼人が不機嫌な顔で応接室に入ってくると、洸がきつい口調で問い質した。

「小深田さん、あなたは嘘をついていましたね」

矢庭に顔色がいっぺんに変わる。

「柿沢のことをあなたは知らないと言いましたが、七年前から知っていたんじゃないですか。あなたも亜理さんの家で夜を共にした三人の一人なんでしょ？　ゴーストと呼んでいたストーカーから彼女を守る役目として。そして柿沢とはその時すでに知り合っていたんでしょ？」

隠し事はできないと観念したのか、小深田は「すみません」と謝った。

「亜理さんとの出会いから、亜理さんのアパートで過ごしたことまで、柿沢孝洋のことも含めて詳しく話してください」

声のトーンを下げて、小深田に説明を促す。

「言わなかったのは隠したわけではないですよ。本当に思いつかなかったんです。せめて孝洋と言われていたらピンときましたけど、刑事さんは柿沢と言うだけだったし。だいいちあの男は当時、佐藤孝洋と名乗っていたので」

「でも写真を見せたじゃないですか」

「それは……写真を見てあまりにびっくりして……」

言い訳をする。その後、女子社員が出したペットボトルの水を一飲みしてから当時の状況の説明を始めた。

片山元気が話した内容とほぼ同じだった。亜理と知り合って数カ月経つと、亜理からアパートに週に二回泊まってほしい、ゴーストと呼ぶストーカーから守ってくれないかと相談を受けた。

その時に佐藤孝洋と名乗った男に面接を受けた。

面接に合格し、その後は週に二回、亜理のアパートに泊まった。

七カ月で片山が抜けた。もう一人の男は、片山はアドレス帳から抹消されたので分からなかったが、小深田は「千葉に住んで、化粧品会社の営業マンをしている佐々木直くんです」と言い、「当時と番号が変わっていなければ」とスマホのアドレス帳を開いて見せた。

「ところで亜理さんとはどこで知り合ったんですか。これまでは仕事先と答えていましたけど」

小深田からはまだ出会い系サイトの語句は一度も出てこない。片山は亜理が客の中から三人選んだと言っていたから、小深田も金を払って亜理と会っていたはずだ。

「飲み屋ですよ」

少し悩んでからそう言う。

「どういう形態の？」

「キャバクラです、六本木の、もうつぶれましたけど」

しれっと嘘を並べる。

「正直に話した方がいいと思いますけど」

そう指摘すると、小深田は強張った顔でしばらく宙を睨んだ。

それが急に口の周りに深い皺を浮かべて「刑事さん、知ってて訊いてるんですよね」

と語尾を上げる。目許も笑っている。

「なにをですか？」

彼から話させるために惚ける。

「彼女の過去ですよ」

「過去とは？」

「分かりましたよ、すべて話します。円ですよ」

出会い系サイトなどで使う隠語で答えた。

「何回くらい会ったんですか」

「何回くらいかな」

「小深田さん」注意すると「十回くらいはリピしましたよ、それくらい会わなきゃ向こうだって、俺を選ばなかっただろうし」と少しは素直になった。

「そうした関係で出会ったのに、亜理さんの家ではなにもしないという約束を、小深田さんはちゃんと守ったのですか」

「そうしないと家を出されるわけだし、面接で佐藤孝洋にしつこく約束させられたし」

柿沢孝洋を当時の偽名で言う。佐藤と柿沢を同一人物と認めたくないのか、もしくは警察に知らないと嘘をついてごまかした後ろ暗さが残っているのか。

「柿沢孝洋のこと、亜理さんにとってどのような存在だと思いましたか」

「最初は恋人だと思ってましたよ。彼は結婚しているから、こうして泊まったりはできないのだろうと」

「どこで知り合ったかは聞いていませんか」

「大阪での同級生でしょ。東京で奇跡的に再会したと亜理は話していました」

「最初は恋人と思ったと言うことは、途中で違うと感じたのですか」

その問いには返答まで少し時間を要した。

「亜理に聞いたら違う、彼とは一緒になることは絶対にないと言ってました」

「それは柿沢が結婚していたからですか」

「俺はそう思いましたけどね。でも亜理が言うには、彼が結婚したのは亜理と再会した後だったみたいですよ」

「つまり柿沢は亜理さんではなく、前の奥さんを選んだのですか」

「それはどうかな、だとしたら毎週、亜理に会いに来ないでしょう」

三人で二日ずつ分業して、残り一日、日曜日は、柿沢が来ていたと片山元気も話していた。ただし柿沢は泊まらず、夜には帰っていたと。

「まぁ、彼は俺らのような添い寝友達より、上のランクとは思っていましたけど」

「添い寝友達とは？」

「俺ら三人でそう話していたんですよ。ほら、セフレではなく、亜理の横で眠るだけで、お預け状態を食らうわけだから」

「同じベッドで寝ていたんですか？」

守り役だから、一晩中起きていることはなくとも、ソファーなど別の場所で寝るのかと思っていた。

「布団でしたけどね」

「布団二枚？」

「いえ、一枚です」

「それでよく」そう言いかけて思いとどまった。隣の阿部を見た。阿部も理解しかねるといった顔をしている。

「我慢したと言いたいんでしょ。そりゃ毎回葛藤してましたよ。こういうのを蛇の生殺しって言うんだなって」

「手を出そうとは思わなかったのですか」

「正直に言うと思いましたよ。でも出せなかったです」

「亜理さんに拒否されたからですか」

「えっ」

「他の方がそう言ってました」

片山のことが知られてしまうが仕方がない。小深田も自分のことを話したのが片山だと感づいているようだ。

「元気くんもやっていなかったんだ。彼は強引なところがあったので、無理やり関係して、それで添い寝友達から外されたのかと思っていました」

添い寝友達、その言い方はどこか自虐的だ。

「片山さんが抜けて、新たに代役が加わったのですか。その男も柿沢が面接したとか」

阿部が質問する。フォロー役に回ってくれている阿部は要所で鋭い指摘をする。

「俺もそうなるんだろうと思いましたけど、亜理に聞いたらもういないって。その頃は援交をしてなかったし、亜理が連絡先を知っていたのは、俺たちくらいだったので、相手を選ぶにも候補がいなかったんじゃないですか」

「お金を渡してはいなかったんですか？」

「俺らがですか？　なにもできないのに？」

疑問形で聞いてきた時は、肉体関係もないのにどうしてお金を払う必要があるのだと、顔を斜めにした小深田だが、洸にしてみれば、そこまでして亜理と夜を過ごす方に疑問が募る。

「払うわけないじゃないですか。そんなお人よしじゃないですよ」

元妻との話をしているとはとても思えない。

「そうなると亜理さんはどうやって生活されていたんですか」

「どうなんですかね。細々とですけど、ウェブデザインの仕事をしていたし、家賃と光熱費、生活費くらいは、体で稼いだ蓄えがあったんじゃないですかね」

他人事のように言う。そのうえ体で稼いだなどと、元妻がしていたことを見下している。

「たまに外で食事をした時とかは俺も出しましたけど、だいたい彼女がご飯作ってくれたので、一緒にスーパーやコンビニへ買い物に行く時に払ったくらいですね。もしかしたら佐藤孝洋が出してるのかと思ったことはありましたけど」

「柿沢が出していたのですか？」

「亜理からはそれはないって否定されましたね。どうでもいいことですけど」

やはり他人事だ。

「柿沢について、亜理さんがどのように話していたのか、もう少し子細に話してくれませんか。中学の同級生で再会しただけでなく、昔は恋愛関係にあったとか、どうして柿沢が他の女性と結婚したのに、心のお医者さんでしたっけ？　そうした友情のような関係が続いていたのかを」

「俺にはよく分からなかったです。っていうか興味なかったし」

「興味はあったでしょ？　普通はあると思いますよ」

片山元気は身分証で素性を確かめたのだ。片山の方が一般的な思考だ。

「佐藤孝洋って男、なに考えているか分からないところがあって。怖いって思うこともありましたから」

「怖い？　どう怖いんですか」

復唱する。近本勝昭や片山元気に柿沢について聞いて回ったが、怖いという感想は初めてだ。

「怒らせたらなにをするか分からないとかですか？」

阿部も聞き質した。

「怒ったことはなかったけど、自分が優位に立っているのに、こうして毎晩、他の男が一緒に過ごしているのを許してるわけでしょ。俺だったらそんなことはさせないなと」

たいした理由ではなかった。

「それが結果的に小深田さんは亜理さんと結婚するわけですよね。柿沢と小深田さんの立場が変わったのはいつですか」

「一年くらいして直くんが二抜けしたんです。彼女ができたって言ってたかな。このまま我慢比べしても歳ばかり取るって、諦めたんだろうけど」

小深田が亜理と柿沢より三歳上、片山元気は二歳上、佐々木直は二歳下だったらしい。

「それで小深田が残ったんですね」

「そこで一旦、小深田さんだけが添い寝友達は解消になったんです。最初から一年という条件だったんで」

「一年？　ゴーストはどうなったんですか」

「さぁ、どうなったんでしょうね」

「小深田さんたちが交替で亜理さんを守っていた時、ゴーストは現れたんですか」

「いいえ」

「いいえって、一度もですか？」

「一度もなかったです」

それが当たり前のように答える。

「他の二人の日はどうでしたか。小深田さんたちは男性同士でも連絡を取り合っていたと聞きましたが」

「来たことはないと思います」

「それは二人に聞いたのですか、それとも小深田さんがそう思ってる……」

質問を遮るように小深田は「二人からも聞きました。来ていません」と否定する。

「どういう感じで聞いたのですか」

「最初の何ヵ月か、俺らは連絡を取り合う時は必ず、『昨日ゴースト来た？』と聞いてました。面接の時に、佐藤からドアを激しく叩いて、外から灯りを照らして、居留守を確かめてくると聞いていたので、俺らも本当に来たらどうしようって、内心ビビッてたから」

「ストーカーってそこまでするんですか。警察に相談すればいいのに」

「警察は信用できない、この手の話は相談に乗るだけで終わりだと亜理は言ってました」

　耳が痛い言葉だ。

「ゴーストが現れなかったことが、約束通り、一年で添い寝友達の解消になったってことですか」

「それもありますけど、なによりも彼女の心が落ち着いてきたんですよ。援助交際とか風俗で働いている女性って、一度や二度は怖い思いをしたりして、メンヘラになるみたいだから」

「亜理さんもそういうタイプだったのですか」

「メンヘラまではいかなかったけど、まぁ、近いところは」

　体が汚れていると一時間バスルームから出てこなかったことがあったと片山も話していた。

　小深田も似たことがあったと説明した。夜中にぶるぶると震えだし、ソファーから動かず、小深田が布団に入って、寒いからおいでと促しても、ソファーから動かなかったと。

「そういう時は柿沢孝洋を呼んだりしたんですか」

「俺からはしなかったけど、亜理はメールしてたかな。こっちは好きにしとけって膨れてました。それが一年が過ぎて、そうしたこともなくなって」

「亜理さんがパニックになることがですか」

「違いますよ。柿沢にメールしたり、頼ったりすることです。亜理に聞いたら、彼にはこれ以上迷惑をかけないようにしたい。彼は昔、自分がしてあげたことへのお礼で、こんな私に付き合ってくれているだけだと意味深なことを言って」

「どういう意味ですか」

「なんなんでしょうね。直くんまで抜けた後だったので、そんなことより俺は、これで自分だけが残ったとガッツポーズしてたので。一年間、我慢して良かったって」

「それで交際が始まったわけですか」

「週一、二回のデートを続けて、プロポーズしたら受けてくれました。俺は結婚式をしたかったけど、彼女は呼ぶ人もいないからって、入籍だけして」

「新婚旅行は？」

「もったいないからいいと断られました。彼女、お金にシビアでした。そりゃ体売って稼いでいたら、シビアになりますよね」

　また言葉に侮蔑が混じる。

「亜理さんってなにが好きだったんですか。例えば趣味とかは？」

「なにも好きではなかったんじゃないですか。基本、家を出たがらなかったし」

小人閑居して不善を為す——趣味もなく休みの日も部屋に閉じこもっている柿沢についてその諺を引用したのは柿沢の元義父だった。

「自然とかは好きで、そういう写真集はよく見てたかな」

「それで秋川に住んだんですか」

「彼女の仕事はどこでもできますからね。今の時代になって良かったんじゃないですか」

新型コロナで在宅での仕事が推奨されているという意味で言っているのだろう。だが引っ越したことで息子を失ったのだ。良かったはない。

「柿沢が離れた理由、亜理さんがいった迷惑をかけられない以外、ほかに聞いていませんか」

「ないかな」

「かな？　なにか意味ありげですね」

「なんにもないですよ」

まだ隠しごとがあるように思えなくはない。だが佐々木直も抜け、柿沢との関係も切れ、小深田は自分が亜理を独占できると喜んだと聞いたばかりだ。援助交際から結婚に至っただけでも、相当に異常な関係だ。これ以上、隠す事実もないか。

「同級生だった柿沢さんと亜理さんが、東京で奇跡的に再会したという話、小深田さんは信じていたわけですか」

「信じるわけないでしょ。そんなおとぎ話」

「おとぎ話って、最初は恋人と思ったと言ったじゃないですか？」

「そう疑ったこともありますけど、途中から佐藤も援助交際の客だと感じてましたよ。実際、佐藤に聞いたらそうだと認めましたし」

「認めたんですか？」

「佐藤は俺ら三人が客だというのを知っていたんです。彼がまったく無関係なら、援交の客など添い寝どころか会うなと注意するでしょう。つまり彼も同じ穴の貉だったということです」

「中学の同級生と、出会い系サイトで再会したということですか」

「それはあの男に聞いてくださいよ。逮捕してるんでしょ」

彼が言う通りなのだろう。普通に出会ったのなら、亜理は柿沢に三人のことは話さない。

ただし同じ客同士でも柿沢は違うポジションにいた。それは結婚していたからか？ それは違う、柿沢は亜理と再会してから入籍したという。そしてどういう理由か分からないが、柿沢は面接する側に立った。それが一年後には一旦いなくなる。

「交際されてからは小深田さんと亜理さんの関係は正常に戻ったのですか」

「正常とは？」

質問を変えた洸だが、あまりいい表現ではなかったと反省する。自分も二年間ほどなかった時期があった。正常だなんて、まるで性交渉がない男女は恋人や夫婦ではないと言っているようだ。

どう補足しようか迷っていると「レスかどうかという意味ですか？」と小深田が聞き返してくれた。

「はい、そうです」

「基本、あまりなかったですね」

「でも飛翔ちゃんは？」

「そりゃ夫婦なんだからしましたよ。でもなんべんに一回かは断られて、そのうちこっちも誘いづらくなってしまって。それで今の彼女と知り合ったんです。別れた理由もこれで理解してもらえましたか？」

同意を求められた。洸が沈黙していると、小深田は阿部の顔を見た。阿部も苦笑いを浮かべるしかないようだった。

常識では考えられない男女関係が頭の中で糸のように絡まって、ほどけなくなった。

もう一度、彼らの関係を整理する。彼女がなぜ援助交際をしていたのかは本人に直接聞くか、柿沢に確認する必要がある。

やはり一番の謎は、添い寝友達と自虐する男たちを柿沢が面接したことだ。柿沢はどういう気持ちで彼らに会ったのか？　柿沢が自供したように大阪にいた頃からずっと好きだった人で、本当に合っているのか。

「刑事さん、ここで話した内容、まさかマスコミに出たりはしないですよね。ただでさえ悪意のある書き込みで、会社の評判はガタ落ちなのに、援助交際で知り合った女と結婚したなんて知られたら、うちの会社終わりですから」

援助交際をしていた相手と小深田は結婚した。そのことに洸は、女性の過去にこだわらない器が大きい男だと思ったこともあるが、実際は違った。出てくるのは元妻への侮辱ばかりだ。

逆によくこんな男を結婚相手に選んだものだと、亜理に疑問が募る。

「我々がマスコミに漏らすことはありません」

「それは良かった」

「ですけど、あなたが今後、我々の聴取に応じてくれなかったり、この前のように嘘をついたりすると、我々は同じ内容を他の人に訊いて回らないといけません。そうなると」

洸は言葉を切った。

小深田には意味が伝わったようだ。

「分かりましたよ。聞きたいことがあったらいつでも来てください。包み隠さず話しますから」

そう言いながらも、目を背けて舌打ちした。

13

小深田隼人を含め、孝洋は立て続けに三人面接した。

不動産会社に勤める片山元気、化粧品会社で毎回、亜理に試供品を持ってくる佐々木直、三人とも共通して言えるのは亜理と一緒に過ごすことを心から喜んでいて、孝洋が出したなにもできないという条件を、異口同音に「もちろん分かっています」と快諾した。

三人での会話は、「隼人くん」「元気くん」「直くん」とくんづけなのに、孝洋は三人から「孝洋さん」と呼ばれた。彼らからも立場が違うと特別視された。

小深田は背が低くてぽっちゃり、片山は口ゴボで厚い上唇がめくれているように見える。佐々木は大学までラグビーをしていたスポーツマンだが、顔は四角くて西郷隆盛のようだ。三人ともあまりモテそうにないことも孝洋を安心させた。

ところが三人が交替で亜理のアパートに泊まる生活が始まると、途端に疎外感を感じ始めた。

今頃なにをしているのか。約束を破って抱き合っているのではないか。

孝洋のことを、自分の女みたいな態度を見せていたけどとんだお人よしだな、と冷笑しているかもしれない。そう考えると気持ちが落ち着かず、三年目を迎えた病院の職務に身が入らなかった。

援助交際をしていた頃は、亜理と会うのは日曜の夕方から二時間。それくらいの時間なら、日曜診療している美織に気兼ねなく外出できた。

それが三人の男が現れてからは、九時に美織が出勤すると、すぐさま身支度をして、結婚前から乗っている国産車で下落合までぶっ飛ばす。パーキングに停めると坂の多い小道を走った。

息を整えながらインターホンを押す。「待ってて」と亜理の声が聞こえ、ドアが開く。

「おはよう、孝洋」

「おはよう」

「おはようございます。孝洋さん」

テレビの前に座る片山は自分の部屋のようにくつろいでいる。布団はきちんと部屋の隅に畳まれていた。

「ほら、亜理ちゃん、始まったよ」

「すぐ行く」

テレビにお笑い芸人が現れた。最近人気が出てきたコンビが朝の番組にゲストで呼ばれたようで、彼らのネタに亜理と片山は腹を抱えて笑っていた。知人夫婦宅にお邪魔したようで居心地が悪い。

「じゃあ、俺は行くね」

お笑い芸人が引っ込むと、片山は荷物をまとめて帰り支度を始めた。

「朝ごはん食べていかないの」

「いいよ、孝洋さんが来たし」

「遠慮しなくていいのに」

「そうだよ、片山さんも一緒に食べれば」

「お二人のお邪魔をしたくないので」

そう言って引き揚げていく。だが邪魔をしたのは孝洋の方だ。

「じゃあ、ありがとうございました」

片山は孝洋を見て丁寧に頭を下げる。

「いえ、こちらこそお疲れさまでした」

なにがありがとうございましたで、なにがお疲れさまなのか。好きな子を一晩守ってくれたから？　それなら自分がやるべきだ。いったい俺はなにをやっているのだ。

片山だけでなく、小深田も佐々木もみんな孝洋に一目置き、感謝の言葉を残して帰っていった。

同じ男として、彼らが本音では孝洋に感謝していないことは分かっていた。

彼らは泊まる曜日を決めずに、毎週、ローテーションを組んでいて、そのせいで日曜日に顔を合わせるのも、週ごとに変わった。

一度、土曜日が泊まりだった小深田から、「いいですよね、孝洋さんだけは亜理と昔と同じ付き合いができて」と皮肉を言われた。

それなのに亜理がいる前では嫉妬（しっと）は一切見せない。

「元気くんって、高校生の時はお笑い芸人目指していて、友達と養成所に入ろうとしたらしいのよ。その友達の親に反対されて、一人じゃ心細くなって、大学に進学したらしいんだけど」

「へえ、そうなんだ」

「だからお笑いに詳しいのよね、このネタはどういう構成になって、伏線がここだとか、終わってから分析してくれるのが、とても参考になるんだ」

外に出ることを好まない亜理は、昼間からテレビはつけっぱなしだ。バラエティーも見るし、ドラマも好き。一応、ウェブデザインの仕事をしているが、フリーで下請け作業をもらっているだけなので、仕事量は少ない。孝洋が義父にクリニックのホームページを作成を頼んだのが今のところ、一番大きな仕事だった。

「隼人くんはTOEICの勉強してるのよ。だから最近は私も英語を教えてもらっているんだ」

英語と言ったって、どこまで覚える気があるんだろうと思いながらも、「いいことだね」と相槌を打つ。

「直くんは、本当はスポーツを見たいのに、私が興味がないからって、うちに来た時は我慢してくれてたんだよね。だから私の方からラグビーのルール教えてよと言って、一緒に見たんだ。危険なスポーツだと思っていたけど、正しいタックルをしたらケガからは守れるんだってね。人がぶつかり合う音がして、なかなか見慣れなかったけど、直くんが応援しているチームが逆転勝ちして、私も興奮しちゃったよ」

その週にあったことを一方的に話す。楽しそうな顔に、やすりで削られていくように心がすり減っていく。

「ごちそうさま」

亜理が作ったハムエッグとサラダを食べ終えた。1DKといっても台所は細長くて手狭なので、食事はフローリングに折りたたみテーブルを置き、座布団を敷いて座る。

食べ終えたものは二人で片付ける。「私が洗うから孝洋は休んでて」と、言われてもとくにすることもなく、丸めた座布団を枕にして、つけっぱなしのテレビを見た。

「シャワーを浴びるね」

洗い物を終えた亜理の声が届いた。

「うん」

バスルームのドアが閉まった。朝にシャワーを浴びるのは亜理のルーティンだ。おそらく前の仕事の影響だろう。

男と会った後にホテルで洗い流して帰ってくるので家では浴びる必要はないし、何度もシャワーを浴びると肌が荒れる。だが今もその習慣を続ける必要はあるのだろうか。

水が出る音を確認してから、衣装ケースの一番下の引き出しをあける。

畳んだ服の下に、孝洋が最初にこのアパートに来た時に持ってきた避妊具の箱がある。中をあけて確認する、一、二、三、四……九、十、十一。同じ数だ。ゴミ箱も確認する。ティッシュは一枚もなかった。

証拠がなくても灰色の心が晴れることはなかった。

自分に置き換えて考えてみれば、他の男も入ることのある部屋に置かれている避妊具を使うか。普通は持参する。ゴミだってビニール袋に入れて、鞄の底に隠して持ち帰るだろう。

片山も小深田も佐々木も、たった一泊だというのにそこそこ大きなバッグでやってくる。あの鞄の中にはなにが入っているのか。

考えれば考えるほど疑惑が溢れ返る。シャワーの音が止まった。目をやると衣装ケースの引き出しが開いたままだった。危ない。物色した形跡が残らないように元の状態に戻す。

再び横になる。バスルームの扉が開いた。

彼らが本当に面接時の約束を守ってくれているのかは、亜理に聞けば分かることなのだが、信じていないと思われそうで、口から出なかった。

「ねえ、今日は映画観よ、古い映画だけど、私が一番好きな映画、孝洋に話したっけ。リトル・ダンサー?」

バスタオルを巻いた姿で、リビングまでやってきて、レンタルビデオ店で借りてきたDVDを見せた。

「知ってるよ、男の子が家族の反対を押し切ってバレエダンサーになる映画だろ。原題はリトル・ダンサーではなく、ビリー・エリオット」

「一緒に観たっけ？」

「見てないよ、だけど前に亜理が好きな映画だって話したから、俺も借りたんだ」

「どうだった？」

「忘れちゃったよ。あまり印象に残っていない」

本当は覚えていて、孝洋も好きな映画のベストテンに入れたいほど感動したが、素っ気なく返した。映画はじりじりした時間が長くなるだけなので、できれば避けたい。

「ビリーが自分の意志でバレエ学校に行きたいといって、お父さんの前で踊るシーン、私にもビリーほどの強い気持ちがあったらなって、いつも思ってしまうのよね」

観たと言ったのに、亜理は最初から映画のあらすじを語る。

話しながら服を着始める。

バスタオルを巻いたまま、ショーツ、ブラ、そしてカットソーにスカートと、衣装ボックスから出しては孝洋の前で身に着けていく。

長い手と細い足しか孝洋には見えない。

短めのスカートを穿いて着衣を終えた亜理がDVDを差し込む。リモコンを操作してテレビの入力を切り替える。その時には体が熱くなっていて、孝洋は隣に座った亜理に抱きついた。

亜理が倒れたところに畳んだ布団があった。強引にキスをする。キスには応じてくれた。

だが孝洋の手が服の上から胸を触った時には、「やめて」と拒絶する声がした。

やめずに胸に手を置き、唇を首筋に動かす。

「やめてってば」

嬌声が漏れることはない。

「どうしたのよ、孝洋」

どうしたもない、ただやりたいだけだ。

我慢させられているのは彼らだけではない。奇妙な同居生活が始まって以来、孝洋も一度もしていない。

もとよりセックスを求めていなかったが、さすがに三カ月以上もなにもないまま経過すると、自分はいったい彼女のなんなのか疑問が浮かんでしまった。

「孝洋、お願い」

眉を曲げて懇願された。

「こんなことしないで映画を観ようよ」

「こんなこと？」

そこで亜理の顔を睨んだ。

ホテルで関係を持っていた時は、亜理は毎回物憂げな表情を見せた。

今の亜理は違う。いつしか眉の形は真っ直ぐに伸び、黒くて強い光を放つ瞳を真っ直ぐ孝洋に向けてくる。

その視線を避け、胸を触っていた手でスカートをまくり、ショーツの中に入れていく。

これだけ嫌だと言われたのだ。身をよじって抵抗されるものだと思った。

亜理は抵抗しなかった。だが中は乾いていた。

孝洋は手を引いた。

「ごめん」

体を離す。

亜理は体を起こし、立ち上がってスカートの位置を直した。しばらく重たい時間が流れた。

次に聞こえた声は弾けた声だった。

「せっかく借りて来たんだから、映画観よう」

リモコンのボタンを押すと、冒頭から子供が画面いっぱい、高々とジャンプしていた。

亜理はすぐに映画に入り込み、夢中になって見続けた。男がバレエなんてとんでもないと反対する父親の前で踊るシーンは、「カッコいい」と呟き、バレエ学校に行くため家族と別れるシーンでは涙していた。

前に見た時はこみ上げてきて目頭が熱くなったが、感情の針はまったく振れなかった。

その日は午後二時には「病院で仕事がある」と引き揚げた。

亜理は気を悪くすることなく「医者は大変だね、お仕事頑張ってきてください」と、貞淑な妻のように丁寧な言葉遣いで送り出してくれた。

体の関係を断られたのはショックだったが、次の週からも下落合のアパートに通った。自分が行かなければ、三人のうちの誰かに亜理を奪われる。そうした危機感に突き動かされたのだ。

亜理は自分をどう見ているのか。自分は彼らより上の立場にいるのか。今はそれすら分からない。

本当に孝洋に好意を持っているなら、孝洋が結婚に躊躇(ちゅうちょ)していた時、傍にいて欲しいと、結婚を勧めたりはしなかっただろう。

結婚していなければ、亜理と一緒に夜を過ごすのは自分一人。三人は援助交際をやめた時点で縁を切られていたはずだ。

俺は亜理のなんなんだよ——どうしても聞かずにいられなくなり、問い質(ただ)したことがある。

——いつも言ってるじゃない、心のお医者さんだって。

眩(まぶ)しいくらいの笑顔で答える亜理に、悩みはいささかも伝わらない。

——その意味が分からないよ、俺はメンタルヘルスについてなに一つ、亜理にアドバイスは送れていないんだから。

——そんなことないよ、孝洋のひとことで苦しかった心が楽になったことがいっぱいあったし。

一度、シャワー室から出てこないで自分の体が汚いと石鹸で体を擦っていると片山から電話を受け、早朝にアパートに寄った。

何度も「汚くないよ」「汚れてなんかいないよ」と言おうとしたが、それくらいのことは片山が話していると思い、頭をフル回転させた。

――人間の体には菌があったほうが、免疫力ができていいんだよ。一度かかると抗体になってしばらく悪いウイルスを防いでくれる。亜理がしたことも同じだよ。すごく嫌でつらかったのかもしれない。そのおかげで、亜理は二度と援助交際はしないって決心できたわけだから、亜理がしたことは無意味ではなかったんだよ。

そう諭すとパニックが落ち着き、彼女はこう言った。

――私が孝洋を頼りにしているのは、本当に私が困った時に助けてくれるのは孝洋しかいないからだよ。

亜理からそう言われると、返事ができないほど言葉がじんと沁みる。

違うよ。俺が困った時に助けてくれたのが亜理だろ。

そう考えると、借金を払い終えるまで続けた援助交際から解放された心を癒すのが、亜理への恩返しだ。そう自分に言い聞かせた。

そもそも歌舞伎町で再会した時、話すだけでいい、体の関係はなくてもいいと言った。

それが三人のライバルの顔を見てしまい、彼らが陰でこっそり約束を破っているのではと訝しみ、独占欲が湧いた。

同じ部屋にいて、テレビを見ながら三人と過ごした時間について聞き、たまに借りてきた映画を見ることくらい、取るに足らないことだった。

美織が診療を終えて、夜の九時頃に帰宅した時には、必ず家にいるように心がけた。ゴーストと呼ぶ男がまたやってくるという心配はつねにあった。それでも亜理は、「ほら、のんびりしてると、奥さん帰ってきちゃうよ」と往生際の悪い孝洋の手を引っ張って立ち上がらせ、帰宅を促した。

疚しさはあったが、孝洋なりに隠し通しているつもりだった。

それなのに結婚して六ヵ月が過ぎた八月の日曜日の夜、帰宅した美織が孝洋の部屋に入ってきた。

「あなた、今日はどこに行ってたの？」

「家にいたけど」

「違うでしょ、今日どころか毎週、出かけてるんでしょ。車のメーターの距離が微妙に違うもの」

そんなことを調べられているとは思わず、動揺して返事もできなかった。

美織も姑息なことをしていると思われるのが嫌だったのか、メーターを調べた理由を説明した。

美織は先月、車をBMWに買い換えたいと言い出した。孝洋は走りさえすればどんな車でもいいため、孝洋の車を下取りに出すなり、好きにしたらいいと美織に任せた。

美織はＢＭＷのディーラーだけでなく、下取り業者数店にも査定を頼んだようだ。

すると前の週に走行業者に伝えた距離とその週の距離とが微妙に異なる、今日もそうだった。二週ともほぼ同じ距離を走っていることに彼女は気づいたのだ。

さらに美織はこの日の昼間に、自宅に電話をかけたそうだ。三回かけたが、三回とも孝洋は出なかった……。

「美織だって、男友達と一緒にスキーやゴルフに行くじゃないか。この前だって宮古島にスキューバに行くって、三日も旅行に行ったし、あのメンバーにも男がいたんだろ」

孝洋は開き直った。

「あなた、浮気してるの？」

「俺は美織のことを聞いてるんだよ」

「行ってるけど、私のはグループだよ。女子もいっぱいいる。あなたが一緒に行ってくれるなら、あなたと二人で行くよ」

「だからって他の男と行くかよ」

自分でも無茶苦茶な理屈をこねていることは分かっていた。

こんな時、亜理ならどうするだろうか。この世の終わりのような悲しい顔を見せるだろか。いや、孝洋が無理やり体を奪おうとした時のようにキッと睨み返してくるのではないか。

「あなたはどうして私と結婚したのよ」

悲しむことも怒ることもなく、美織はため息をついた。

「それはこっちが聞きたいよ、美織から結婚しようと言い出したんだから」

大学から四年以上付き合っても孝洋が煮え切らないものだから、逆プロポーズだった。いずれ結婚するだろうと思っていたから「俺も結婚するつもりだよ」と答えた。まだ亜理と再会する前の話だ。

「俺を選んだのは、俺がお義父さんの病院を継げる医者だったからだろ」

「そういう気持ちがまったくなかったとは言わないけど、それだけじゃないよ。あなたのことが好きだったからだよ。この人と人生をともに過ごしたいって」

全否定をしないところが美織らしい。他の女子大生のように周りに流されることもなく、好きなことを自由にやる。ゴルフやスキー、スキューバ、クライミング……それでいてスポーツが苦手な孝洋には押し付けない。

「あなたは私を好きだなんて一度も思ったことがないんじゃないの」

「そんなことはないよ。好きだから付き合ったし、結婚したんじゃないか」

「そうかな。結局、うちの病院にだってなかなか来てくれないし。最初は結婚したらすぐに来るって父と約束してくれたのに」

「それはもう少し腕を磨かないと、行ってもお義父さんや他のスタッフの迷惑になると思ったからだよ」

病院でも最近はぼっーとしていると叱られ、大事な手術に参加させてもらえなくなった。そんな医師がセレブを専門に診る義父の期待に応えられるのか。

気の強い美織だけに浮気相手を追及されて、別れ話を切り出されることも覚悟したが、予想は完全に覆された。

「私と一緒にいるのが嫌になったら正直に言ってよね。病院を継いでほしいだけであなたを選んだわけでもないし、あなたの誠実さや優しさに惹かれて結婚したけど、私がバツイチになったら可哀想だとか、同情されながら一緒に暮らすのって、私は嫌だから」

強い女性だと思っていた美織が初めて見せた寂然とした表情を直視できず、孝洋は自分の部屋から出ていった。

美織に浮気を疑われたその場では自分の軽率な行動を反省し、亜理から離れるべきかと一晩中悩んだ。

それなのに次の日曜日には懲りずに、下落合のアパートに向かう。

やはり亜理が心配だった。三人の男から守るため？　それともあの日以来一度も姿を見せていないゴーストのため？　もはや理由は見つからず、頭の中は整理がつかなくなっていた。

浮気を疑われて以来、美織との会話も必要最低限以外、なくなった。

二人とも帰宅時間が遅く、美織は料理が得意ではないため、食事は外食で済ませる。

それも二人一緒ではなくそれぞれで行くようになった。洗濯や掃除は孝洋もやっていたので、会話がなくとも生活に困ることはない。

美織は外出する機会が増え、次第に外泊もするようになった。孝洋は気にも留めず、とくに理由も聞かなかった。

三人が順番に一晩過ごすようになって半年が過ぎた十一月半ば、片山元気が抜けた。

亜理からは「元気くん、係長になって仕事が忙しくて週に二日も来られないんだって。それで隼人くんと直くんを呼んで、三人でお別れ会をやったのよ。孝洋も呼ぼうかと思ったけど、平日だったから連絡しなかったんだ。ごめんね」と謝られた。

「俺は別にいいよ、二人はなんか言っていた？」

「隼人くんも直くんも仕事頑張ってなと、元気くんを祝福してあげてたよ」

能天気に話す亜理に反論したくなる気持ちを抑える。そりゃ、祝福するだろう。ライバルが一人脱落したのだ。三人で週二回だったのが、二人で週三ずつ、亜理のそばにいられるのだから。

椅子取りゲームの椅子が減った。だが自分はそのゲームの参加者ではない。亜理の守り神になろうと決めたのに、また悶々(もんもん)とした日々が始まった。

同時期、中学の同級生で、東京で偶然会ったと話していた亜理との関係が、年が明けた一月に彼らに知られた。

――孝洋さんって出会い系サイトをやったことがありますか。

亜理がシャワーを浴びている時に、小深田隼人から聞かれた。答えにくいこともずけずけ言う小深田を孝洋は苦手にしていた。

――なくはないですけど。

――じゃあ、もしかして亜理ちゃんとも？

――えっ、まぁ、そうです。

否定すべきか迷ったが、認めた。自分だけ特別ではないのだから、なにも恰好（かっこう）つける必要はない。

――やっぱりですか。実はそうだと思ったんですよ。直くんも間違いないと言ってたし。

――だったらなんだと言うんですか。

――中学の同級生が援交していると知ってどう思いましたか。亜理ちゃんって中学でも人気者だったんでしょ。金で抱けるってワクワクしましたか？

――そんなことは思わないですよ。

――ならどうして会いに行ったんですか。

――特別な事情があるのか聞きたかったんです。力になれればいいと思って。

――じゃあ、会ったけどやらなかったんですか？

――それは……。

――ほら、俺らと同じじゃないですか。お互いきれいごとはやめましょうよ。俺たちは秘密の間柄なんですから。こんなこと、誰にも言えないし。

小深田は完全にマウントを取っていた。確かに亜理を介して、男同士も秘密を共有している。孝洋は参加したことはないが、彼らは友人のように連絡を取り合い、亜理抜きで飲みに行ったりしている。

亜理との出会いについて小深田は話し始めた。

実は「イッシマアリ、イッデモアリ」の書き込み以外にも、亜理は他の女性と同じような内容でも客を募っていたそうだ。あの不吉なメッセージはあくまでもリピーター寄せの合図だったという。

もう一つの書き込みはテンプレそのものだったため、小深田はセミプロの女性、もしくは業者が出している広告だと思って待ち合わせ場所に行った。亜理が現れたことに、こんな美しい女性が援交なんてするのかと言葉を失ったそうだ。

二度目以降の《イッシマアリ～》のメッセージは正直気味悪かったけど、気に入った客だけへの合図だと知って嬉しかった。彼女から家に来て夜を過ごしてほしいと言われた時は小躍りした。だけどまさか一つ屋根の下にいて、一晩中何もできないとは一ミリも思わなかった……。

孝洋は相槌すら打つことなく、リモコンを手にザッピングしていたが、小深田の口は止まらない。

——この前、どうして俺らとセックスするのは嫌なのか、亜理ちゃんに訊いたんです。そしたら次にする時はちゃんと付き合った人としたいって。でも親の借金を返すためとはいえ、自分から望んで援交してたんですよ。俺らの相手をするくらい、なんてことはないと思うんだけど。

——小深田さん、彼女、自分から望んではいなかったんじゃないですか。ずっと嫌だったみたいだし。

さすがに聞き捨てならなかった。

——だったら佐藤さんは、亜理ちゃんが誰かに言われて援交していたっていうんですか。

——じゃあ、自分の意思であることには変わりはないじゃないですか。今の時代、他にいくらでも稼ぐ方法はあるんですよ。デートするだけでオヤジに金貰ってるやり手の女もいるのに。まっ、それをやられてたら、俺らは誰も亜理ちゃんと出会えなかったでしょうけど。

——そうとは思わないですけど。

亜理がシャワーから出てきたので、小深田の無分別なおしゃべりがようやく止まった。

小深田に対して腹立たしさしか残らなかったが、かくいう孝洋も似たことを考えた。どうして亜理は体の関係は嫌なのに、このような生活を思いついたのか。ゴーストと言ったが、そのゴーストはあれから一度も現れていない。それは三人の男も口を揃えている。

そもそもなぜ援助交際をしたのか。一旦気になり出すと次々と疑念が生じて、居ても立っても居られなくなる。

三月になり、奇妙な同居生活もまもなく一年になろうとしていた。

先週の日曜日、孝洋は学会があると言って来なかったので、その日は二週間ぶりだった。

朝から空はぐずついていて、いつものパーキングに車を停めた時には、横殴りの雨が降ってきた。

雨だと予報を聞いていたのに、他のことで頭がいっぱいで、傘を忘れた。

コンビニで買おうかと思ったが、寄り道している時間がもったいなく、パーカーのフードをかぶって、坂道を駆け上がった。アパートに着いた時にはグレーのパーカーの色が変わるほどびしょ濡れだった。

「おかえり」

インターホンで返事をしてから、ドアを開けると、亜理は驚いていた。

「びしょびしょじゃない。待ってて、タオル持ってくるから」

渡されたバスタオルをもらって、顔を拭く。

パーカーは干してもらうことにした。Tシャツやジーンズは濡れてはいたが、脱いで乾かすほどではなかった。

「これを着たら」

亜理からトレーナーを渡された。三人の中の誰かが置いていったものらしい。

とても着る気にはなれずに返し、Tシャツのまま細い台所を通過する。十一時だというのに、小深田隼人は敷かれた布団の上で、横になっていたのだ。

IT系の仕事をしている小深田は当然ながらパソコンに詳しく、最近は夜遅くまで亜理に新しいソフトについて教えている。

亜理からも隼人くんのおかげで、仕事先から褒められたと嬉しそうに報告を受けた。病院でもiPadは必需品で、カルテやCTの画像などを入れて、診療や回診に行く。医療用アプリしか見ないので、IT用語を使われてもさっぱり分からない。

「おかえりなさい。孝洋さん、学会はどうでしたか」

彼は布団にくるまった状態で、頭だけ孝洋に向けた。

二週間前の日曜の朝に会った時、来週は内科関係の学会で来られないと孝洋があやうく医者であると口を滑らせそうになった。すると小深田からは「薬剤師でも学会があるんですね」と馬鹿にするようなことを言われた。

小深田が勤める会社は上場し、彼にもストックオプションが入ったらしい。彼の自慢の愛車は、柿沢家と同じBMWだが、美織が選んだ車種より上の仕様だ。

「小深田さん、俺が来たら、帰るって約束だったじゃないですか。どうしてまだ布団の中なんですか」

最初のうちは孝洋が来る時間までには布団を片付け、ちゃんと着替えて、孝洋にも礼儀正しく振舞っていた男たちが、次第に我が家のようにだらしなさを見せる。

その中でも、小深田のやに下がった顔が、嫌いだった。亜理を襲うチャンスは三人のどの男も同じだけあったが、約束を破るとしたらこの男だ、この生活が始まった頃から警戒していた。

「はいはい、すみませんね」

小深田は不貞腐れて、起き上がる。

掛け布団を剝いだ小深田を見て、孝洋は言葉が出なかった。

どの男も亜理の家ではパジャマの下かジャージを穿いていた。夏場でもせいぜい短パン。

それが、上はタンクトップ、下はトランクスのみだったのだ。

孝洋の背後から亜理の声がする。

「朝ごはん食べるよね」

「はい、食べます」

小深田が無邪気に手を挙げた。

「俺は要らない」

小深田の声を打ち消すように孝洋は声を張り上げた。二人とも押し黙り、部屋の空気までが変わった。

ようやく小深田も、孝洋が本気で怒っていることに気づいたようだ。

黙って着替え始める。机の自分のパソコンをリュックにしまって「それではお邪魔しました」と出ていく。亜理だけは玄関の外まで出て見送った。

「どうしたのよ、孝洋。学会でなにかあったの」

戻ってきた亜理が顔をしかめる。孝洋には機嫌が悪い理由を分かっているのに、亜理が空惚けているようにしか思えなかった。

「あいつ、あんな恰好で寝てたのか。あれじゃあ裸みたいなもんじゃないか」

「夜はパジャマ着てたけど。寝汗をかいたからって途中で脱いだんだよ。着替え持ってきていないし。昨日の晩は暑かったから」

最初からあのままだったんじゃないのか。根拠もなかったが、そう疑った。

「よく亜理は許すよな」

「許すもなにも、自由じゃない。どんな恰好で寝ようが」

孝洋がなぜ朝から不機嫌なのかという疑問は消え、強気に言ってくる。

亜理の顔には、あなたは彼氏でもなんでもないのだから、心配する権利もないと言われているようで、孝洋の心はいっそうささくれ立った。

「あいつ、布団の中で興奮して体を押し付けてきたりしないのかよ」

「するわけないじゃない。そんなことをしてきたら夜中だろうが帰ってもらってるよ」

なにを言われても空疎に聞こえた。

「断っていたら誰もいなくなるじゃないか。現に片山は抜けたわけだし、これ以上少なくなってほしくないから、亜理は許すことにしたんじゃないのか」

「許すってなにをよ」

亜理の問いに孝洋は答えなかった。分かってるだろ、そう伝えたつもりだ。

「そういうことをしない人たちを孝洋が選んだんでしょ」

選んだのは自分ではない。亜理だ。自分は亜理に言われるままに彼らと会って、了承したにすぎない。確かにただ部屋にいるだけだと誓わせたが、それにしたって罰則もなにもないただの口約束だ。

最近の亜理はパニックになることもない。それなのに孝洋の方が、過去のことだと割り切ってきた援助交際の事実で頭の中が独占されている。

元から亜理は好きでもない男に体を売ることに抵抗などなかったのではないか。自分の体が汚れていると洗い流したいと言ったことも演技だったのではないか。気泡のように次々と疑惑が浮かび上がってきては脳裏で弾ける。

「元々は三人とも、金を払って嫌らしいことをしたくて亜理に会いに来た客だろ」

「ひどいよ、客だなんて」

亜理の声音が変わる。

「だけど事実じゃないか」

「それだったら孝洋だって同じじゃない」

語勢を強めて非難された。

声にはできなかったが、あいつらとは違うと心の中では反論していた。《イツシマアリ、イツデモアリ》という不吉なメッセージ——亜理の旧姓を知っていたから心配になってメッセージを送った。他の客のように嫌らしいことをするつもりはなかった。なぜあんなメッセージを載せたのか、その事情を聞きたかっただけだ。

「ああ、俺もその一人だよ」退くに退けなくなって居直った。「亜理はどうして援助交際なんかしてたんだよ」

「それは説明したでしょ。お母さんの借金の保証人にされたって」

「お母さんなんて、とっくに死んでるじゃないか」

亜理の顔色が変わる。部屋の色までが消えたと感じたほど、時間が止まった。

「調べたの？」

小声で訊かれた。

「そうだよ。先週、大阪に行ってきた」

母親は亜理が東京に来る前に亡くなっていた。

「学会じゃなかったの？」

「それは嘘だった……」

それこそ卑怯で姑息な行動だ。亜理には言わないつもりだった。言わなければ、自分の苦しみを分かってもらえない。なぜ援助交際をしていたのか。そして今も当時の客を切らないのはなぜか。俺には真実を話してほしい。願っているのはそれだけだ。

「せやったらなに？　私が楽したいから体を売ってたと言いたいん？　好きでやってたと」

急に大阪弁になった。

「好きで援交してたとは思わないよ。なにか事情があったんだろ」

東京に出てくるにあたっての生活用品一式や、専門学校の学費も必要だったはずだ。それでも彼女は何年もやっていた。

「亜理もお金が一段落ついたんなら、普通の独身女性の生活に戻ればいいだけじゃない。旅行したり、夜に遊びに行ったり、恋愛したりして。なにも付き合ってもない男と、夜を過ごすことはないんじゃないのか」

「それはゴーストが来るからやん」

「ゴーストなんて一度も現れてないじゃないか」

また時計の針が止まったと感じたほど静まり返る。

「孝洋はあの時に来たストーカー、私が仕組んだとでも思ってるん？」

その通りだ。あの夜の出来事からして疑っていた。

「もうええ、孝洋だけは最後まで私を守ってくれると思ってたけど、勘違いしてたわ。もう帰って」

「ちょっと待てよ、亜理」

「ええから、帰って」

そう言うと、座っていた孝洋を無理やり立たせ、手に取ったバッグを渡した。両手で胸を押す。

踏ん張れば留まることはできた。

だが体に力が入らず、押されるままに玄関で靴を履く。

亜理の顔を見た。睨んでいた。無理やり体を求めた時に視線だけで抵抗していたあの日と同じ目をしていた。

それ以上、顔を見ることはできず、身を翻して部屋を出た。


亜理、今日はごめん。そして傷つけてしまった。自分でも卑怯なことをしたと後悔している、そして取り返しのつかないことをしたと反省している。

だけど亜理が俺のことを心のお医者さん、自分が本当に困った時に助けてくれると言ってくれたことは今も心に残っています。本来はそれは俺のセリフであって、俺にとっても亜理は、大阪時代に助けてくれた唯一無二の恩人です。

こんな男と二度と会いたくないだろうけど、もし誰にも頼ることができなくなって、相談したいと思った時は連絡ください。その時は亜理のすべてを受け入れ、力になります。

孝洋

悩み抜いた末に夜中に亜理にメールを送った。

着信拒否にはされていないようだったが、返事は返って来なかった。

翌朝は早く起きた。

「どうしたのよ、そんなところで」

朝食を食べていた美織は、パジャマ姿でじっと立っていた孝洋に驚いていた。

「お義父さんに伝えてほしいんだ。川崎の病院はやめる。来月からはクリニックで仕事を手伝いたいって。力になれるかは分からないけど、精いっぱい頑張りますと」

「どういう風の吹き回しよ、これまで私が聞いても上の空で聞き流していたのに」

美織も信じてはいなかった。

亜理と別れたから、夫婦の仲を戻そうなどと都合のいいことを考えたわけではない。ただ亜理をきっぱり忘れるためにも、違う環境で仕事をしたかった。

初心に返るではないが、中二の春休み以前、親に言われた医師に、自分からなりたいと思い始めた頃に戻ろう。

亜理の心の医師にはなれなかったが、クリニックにやってくる患者さんに信頼される医者になることから、医師として再出発しようと。

美織はひとかけらも喜んではくれなかった。すでに夫に愛想を尽かしていて、彼女には心を動かされた恋人がいたからだ。

それが誰かも分かっていた。大学で美織が入っていたスキーサークルの一つ先輩で、実家は銀座で老舗（しにせ）の和菓子店を営んでいる。ぼんぼんだが、孝洋と違ってアウトドア好きのスポーツマンだ。

彼が運転するランドクルーザーの助手席に美織が乗っていて、別れを惜しむ恋人のようにしばらく車を停めて会話をし、降車した美織が手を振って、テールランプが見えなくなるまで見送っていたのを偶然目撃した。

それでも構わなかった。

病院の跡取りになるつもりはないし、いつかは離婚届を突きつけられるだろう。

ただそれまでの間、一人の勤務医として実直に医療に従事しようと思っただけだった。

14

新宿署の会議室に泉以下新宿署の捜査員が六人、信楽と洸を含めて合計八人が集まり、捜査会議を行った。

信楽からは、柿沢孝洋と小深田亜理が過ごした大阪府堺市に二泊三日で出張してきた報告を受けた。

「大阪での小深田亜理は悲惨だったよ。幼い頃に父親、武田展幸（のりゆき）が自殺、次の父親、逸島信二（しんじ）は消費者金融をやって一時はビルを所有していたが、大手に押されて借り手が減少して倒産、離婚して姿をくらました。一時は九州に飛んだと噂が出たが、行方は分かっていない。この件については引き続き大阪府警に頼んで調べてもらっている」

大阪府警の協力を得たということに驚いた。おそらく信楽が大阪に主張した本来の目的がそれだったのだろう。柿沢のように仄めかしただけで殺人での逮捕状は取れない。つまり立件できていない事案では、他道府県の本部は電話で頼んだ程度ではなかなか動いてくれない。

信楽はそのほかにも亜理の家族について説明した。

逸島信二には亜理より三歳上の息子、逸島圭太がいた。彼は地元では有名な不良で、半グレグループにいた。

亜理の母、公恵は離婚する前、亜理が高校一年生の時からブティックを経営していた。亜理に似た美貌で、オープン当時は主婦たちでそれなりに賑わった。

だが夫、信二のサラ金が破産してからは、取り立てが店にもやってきて客足が遠のき、経営は苦しくなった。

公恵はブティックの経営を続けた。亜理も高校を出て店を手伝ったが、売り上げは芳しくなく、その上、公恵は癌になり、亜理が二十一歳の時に死亡した。

亜理はしばらく家から出られないほど落ち込んでいた。それが公恵の死から二ヵ月して、東京で専門学校に行くと隣人に挨拶して大阪を出ていったそうだ。

その隣人はこう話していたという。

──亜理ちゃん、お母さんが亡くなって悲しみに暮れてたけど、生命保険に入ってたせいで、きれいさっぱりこの町からも出ていけたんよ。あたしらはむしろ良かったんやないかって、みんなで話してたんよ。

借金を背負わずに済んだといっても、亜理にとっての公恵は、実の父が自殺して以降、生活保護を受けながら公営団地で糊口をしのぐ生活を共にしたたった一人の肉親であった。自分には頼れる人間はいないのだと、孤独に苛まれたに違いない。

亜理の顔を見た時、洸は美人だが薄幸だと感じた。そう見えたのは三歳の息子を失う前から、彼女の人生そのものが山あり谷ありで、苦難続きだったからなのだろう。

「小深田亜理が柿沢孝洋との再会について嘘をついていたのは事実だけど、彼女を任意で呼ぶのはもう少し待とう。ここで余計なことをしたらいろいろ問題が起きそうだから」

「それがいいですね、部屋長。ここで騒ぎを大きくして、勾留延長を裁判所が認めてくれないとえらいことですし」

泉が眉をひそめる。

亜理の任意聴取に二人が慎重なのは、柿沢の一回目の勾留期間切れが迫っているからだ。

裁判所どころか、勾留延長を請求する検察が、延長の要否を明らかにしていない。

検察も柿沢が飛翔ちゃんの殺害を自供したことには興味を示している。しかし自供した遺棄現場から遺体が出なかった。新聞がそのことを報じて、警察の捜査ミスが世間に知られたことに大きな懸念を抱いている。

柿沢の現時点での容疑は過剰防衛による傷害だ。被疑者が否認、あるいは完全黙秘していれば勾留延長はほぼ認められるが、傷害について柿沢は全面的に容疑を認めている。万が一、勾留延長されないで起訴となれば、保釈されるだろう。そうなれば柿沢を取り調べることはできない。

「検察を説得するためにも、柿沢から亜理と再会したのは一年半前だと、どうして嘘をついたのか、そこから聞き出したいんですけどね」

泉が信楽に言う。

片山元気や小深田隼人が話したように、柿沢と亜理が再会したのは少なくとも七年前より前のはずだ。

柿沢が小深田隼人たち三人を、亜理と夜を過ごす相手としてふさわしいか面接した。そのことについては柿沢に尋ねたが、一瞬、表情を変えただけで一切黙している。

「僕らは今日、三人のうちのもう一人の同居相手、佐々木直に会って、柿沢と亜理の関係を聞いてきます」

阿部は同居相手と言ったが、小深田隼人は添い寝友達と話した。片山にも確認したが、彼も「そう言えば、僕らの間でそんな言い方をしてましたね」と認めた。

本当に添い寝するだけで、肉体関係はなかったのか。それまで援助交際をしていた女性と客の関係だったのだ。本人たちは否定するが、泊まる度に金銭を授受して関係を持っていた線も捨て切れない。

もっとも洸には、清楚（せいそ）な雰囲気を持つ亜理が援助交際をしていたことじたい、いまだにピンと来ないのだが。

「これでも幸運なのは、柿沢が弁護士をつけていないことだよな」

泉が言ったことは洸も意外に思っている。

最初の勾留が決定した時に、一般的に被疑者は弁護士をつける。その権利があることは取調べの前に熊野が説明しているが、柿沢からは「まだいいです」と言われた。ただし検察も同じことを柿沢に伝えていて、この先の裁判のことを考えると、そろそろつけることになるだろう。

「延長されれば、今度はどうしておまえは嘘ばかりつくんだと追い込んで、柿沢を落としますけどね」

熊野が息巻いた。一度、遺棄した場所でも嘘をつかれ、その後も黙秘を続けられている熊野は、よほど頭に来ている。

「そんなことをすればますます口が堅くなるんじゃないですか。柿沢は気弱そうに見えますけど、この件に関しては芯（しん）が強いように感じますけど」

洸が反論した。ここで弁護士から批判されるような捜査をしては、これまで慎重に捜査してきたことが台無しになる。

「そう見えるのは、こっちが遠慮して下手に出ていたからよ。いたぶれば落ちるさ」

「いたぶるって、そう言うのは……」

二係捜査を始めた頃は、信楽の捜査方法を心配したが、自供頼みの取調べをしていただけで、いたぶるなんて言葉は使わなかった。

「これまでは充分、録画して殺害の自供を聞き出したんだ。次からはカメラを止めればいいんだよ」

「そんなことしたら、弁護士が出てきた時に違法だと訴えられますよ」

裁判員裁判対象の事件については、被疑者取調べの全過程の録画を義務付けるよう、刑事訴訟法が改正された。

「大丈夫だよ、森内くん。去年一年間、全国の取調べの二割は撮影されてないって、どっかの新聞に出てたじゃないか。あとで弁護士に言われたら、録画ボタンを押したつもりだったけど、撮れてなかったと言えばいいんだから」

熊野は強気だった。確かにそのような記事を目にした。だがこのヤマは特別だ。東洋新聞に遺棄現場の捜索を書かれたせいで、世間の注目度が高くなった。

「いや、熊野さん、柿沢はいくら押したところで俺は吐かないと思うよ」

信楽が宥めるように言った。

「それだと小深田亜理を呼ぶしかなくなってしまいますよ。彼女だって嘘をついていたんだから」

「小深田亜理も喋らないよ」

「それじゃ、この事件は解決しないじゃないですか」

熊野が肩を竦めた。熊野にしてみたら二係捜査の専門家である信楽が、白旗を上げたように感じたのかもしれない。

「けっして手の施しようがないと言っているわけではない。俺はこの事件は、最後は柿沢の良心に問いかけるしか解決の糸口はないと思っている、それだけだよ」

「良心って、ヤツにそんなもの微塵もないですよ。嘘をついても平気でいるんですから」

熊野は口を歪める。

信楽はなぜ急に柿沢の良心などと言ったのか、それ以上は話さなかったので、信楽と長く一緒にいる洸にも考え付かなかった。

信楽のスマホがなった。

「江柄子からだ」

そう呟いてから電話に出た。

「そうか、検察は納得したか。良かった、これも江柄子のおかげだ。ありがとう」

江柄子理事官が検察の上層部に掛け合い、検察は勾留延長を請求することを決定したようだ。

まだ裁判所が認めない可能性は残されているが、とりあえず一つの壁はクリアした。

15

パソコンのディスプレイにデニムシャツを着た藤瀬が映った。風呂上りに化粧水をつけた後なのか髪を天辺で結っている。丸みのあるボストン型の眼鏡をかけているので、一瞬、誰か違う人が出てきたのかと思った。

〈ごめん向田さん、遅くなっちゃって。パソコンの電源を入れたところで、厚労省の元医療技官から電話が入って〉

「いいえ、全然問題ないです。第二波の兆しが出てきて、感染者数がじわじわ増えてきたみたいですね。藤瀬さんも大変そうですね」

〈私はただ聞いて回っているだけだから、たいしたことはないんだけどね〉

平気な顔で言うが、画面に映る藤瀬には疲れが見える。藤瀬のことだから休みなく現場を動き回っているのだろうが、体の疲れより気疲れの方が大きいはずだ。とくに厚労省担当の藤瀬が取材する相手は、自分が感染するより、医師や医療従事者、学者や官僚など取材相手に移してはならないといっそう気を遣う。おそらく頻繁にＰＣＲ検査を受けているはずだ。

現場に行く記者が減ったせいで新聞をはじめ、ネットから生のニュース、いわゆる一次情報の出稿が少なくなった。そのためテレビ出演者の意見や過去の出来事を振り返るアーカイブで空白を埋めている。みんな在宅でやることがないため、ネット記事のアクセス数は増えているが、所詮はテレビで言ったことを焼き直して載せているだけなので、あまり関心は持たれない。部屋でテレビを見ながら書く記事、「こたつ記事」という言葉が頻繁に使われるようになった。速報性も驚きもない情報は、所詮はニュースではないのだと改めて考えさせられる。

「毎日、てんてこ舞いで、早く寝た方がいいのに、無理言ってすみません」

今回は瑠璃から相談したいことがあると藤瀬に申し出た。

藤瀬からは、〈夜十二時過ぎてもいい？〉と言われた。夜型の瑠璃は「まったく問題ないです。お酒飲みながらやりましょう」とアルコールは弱いくせにそう返したのだった。一応、画面の藤瀬の手元には缶チューハイが置いてある。おかげで申し訳なさがいささか薄まった。

〈厚労省の元技官も適当だわ。ウイルスが国内に入ってきたばかりの二月の頃は、こんな呑気なことを言ってたんだよ。「今回の新型ウイルスがどうしてここまで拡がるか分かるか？　それはインフルエンザのように高熱が出ないからだ。だからなにも恐れることはない」って。それが四十代、五十代からも死者が出始めたら、これは人類最大の病だと朝令暮改なんだから。技官だけでなく、官僚や政治家、学者にまでメディアは翻弄されっぱなしよ。こんなんじゃますますマスコミは信頼を失っちゃう〉

「空気感染しないって話は間違いないですか？　海外ではそういう説も出てますけど」

〈マスク、手荒い、うがいの励行で多くは防げる、ワクチンが開発されたら感染も防げると言われているけど、私はそこまで決めつけていいかと懐疑的だけどね。初めてのウイルスなんだから、なんでも疑ってかからないと〉

「さすが藤瀬さんですね。私、藤瀬さんがコロナ前と後とで景色が変わると言った言葉が頭から離れないんです。もう一生マスクは手放せない気はするし」

すると藤瀬が〈ごめんね、ノーメイクで〉と謝ってきた。

瑠璃もしていないので「お互い様ですよ」と返す。もともと化粧はほとんどしないが、外出時はマスクをするおかげで口紅も塗る必要までなくなった。

「眼鏡も似合ってますよ」

〈嘘だよ、百人中百人にやめた方がいいと言われるんだから〉

「じゃあ正直に言います、藤瀬さんは眼鏡なしの方が素敵です」

〈素直だね。向田さんはだからみんなに好かれるんだね〉

「好かれてなんかいませんよ、社内では不思議ちゃん扱いですから」

きみは不思議ちゃんだね、話したこともない社会部の先輩やデスクから何度もそう言われた。結構なハラスメントだと思うが、聞き流している。

〈会社の馬鹿どもに見る目がないんだよ。蛯原部長と、調査報道班の那智さんや滝谷さんは、向田さんを買ってるわけだから〉

その三人に認められるのは嬉しい。だが同性の藤瀬から褒めてもらえるのが一番テンションは上がる。

お互い明日も朝から仕事があるため、無駄話を切り上げ、ここ数日の捜査状況を藤瀬に話した。

今日は三人交替で小深田亜理と夜を過ごした佐々木直という千葉在住の化粧品会社勤務の男に会ってきた。

昨日会った片山元気が「直くんのところにも警察が行ったそうだよ」と教えてくれたのだ。片山や佐々木にはどんなことがあっても名前は新聞には載せないし、特定されるような情報は書かない、そう約束して取材に協力してもらっている。

〈柿沢って医師、勾留が延長されたみたいですね〉

「はい、今朝、信楽さんもホッとしていました」

〈ちゃんと信楽さんのところに行ってるんだ。さすが向田さん〉

感心してくれるが、藤瀬のお膳立てがあったからこそ、信楽も瑠璃を信頼して話してくれるのだ。

「警察はゴーストという黒幕がいるのではないかって疑っています」

〈なによ、ゴーストって〉

「ストーカーです。柿沢孝洋が最初に小深田亜理のアパートに行った時、夜中に急にやってきて、ドアをガンガン叩き、灯りを消しているのに外からライトで照らした人間がいたそうです」

〈ひぇー、なにそれ〉

「小深田亜理からは、昔の客で嫌になって無視した相手がストーカーになったと聞いたと、片山は答えたそうですが」

〈柿沢孝洋も認めているの？〉

「柿沢は答えていません。ですけど片山だけでなく、今日会った佐々木直も柿沢と亜理ちゃんの両方から聞いたと話していましたから事実だと思います」

〈いったい小深田亜理さんと柿沢孝洋の関係ってなんなんだろうね。二人に恋愛関係はあったのかな〉

　藤瀬が疑問を呈してきた。

「私にはさっぱり分かりません」

〈恋愛関係があったなら、柿沢は他の男を家に入れたりしないよね。その亜理さんってどれくらいの体つきなのか知らないけど、男が本気を出したら、いくら抵抗したところで敵(かな)わないだろうし〉

　片山も身長は一七五センチ以上あるし、佐々木は一八〇センチはある元ラグビー選手だ。三人の中では一番小柄な元夫の小深田隼人とは会っていないが、信楽に確認したところ、小柄だけど力はありそうだとのこと。一方の小深田亜理は、一五五センチくらいだというから、瑠璃と変わらない。

「藤瀬さんって男の人を好きになったことがありますよね？」

〈ちょっと、いきなりなに〉

「そりゃありますよね、普通は」

〈なに、その含みのある納得〉

「私はこれが恋愛だと思ったことがないんですよ」

〈えっ、そんなに可愛いのに〉そう言ってから、〈今の時代、可愛いとかは禁句だね、そもそも人を好きになることと見た目は無関係だし〉と頭をげんこつで叩いた。

　人から好意を持たれたことはある。押しに負けて付き合った経験もある。

　そのことも話すと〈人にはいろんなタイプがいて、決められた枠では収まらないと認識される世の中になったのだから、気にすることはないんじゃないの〉と悩める心をいたわってくれた。こうした優しさが、社内や取材相手から藤瀬が好かれる理由だ。相手が嫌がることはけっして口にしない。

「そういうことも私がマスコミを志望した理由なんですよね」

〈人を好きにならないのとマスコミがどう関係あるの〉

「一番の理由は、私は親の愛情に飢えていたというか、今の時代ならネグレクトと言っていいような扱いを受けていたからです。両親とも忙しくて、私の面倒を見る約束を忘れて、二十四時間、家で放っておかれたこともありましたから。まだ幼稚園とか小学生の時です」

〈よく生き延びられたね〉

「ダメ親だと子供が成長するんです。生きる本能に目覚めて」笑みを浮かべてから先を続ける。

「そうしたネグレクトをはじめとした社会の歪(ゆが)みの原因を追究して、解決策を見出(みいだ)したい、そんな使命感みたいなものが大学の頃に生じたのが志望理由の一つなんですけど、もう一つは私は世の中で変わり者なのかどうか、取材側に回ったら分かるかなと思ったんです」

〈悟りの境地を開いたような理由だね、それでその結論は出たの〉

「やはり変わっていました」

〈そうは思わないけど〉

「いいえ、変わってます。でもいろいろ取材して自分と似た人もたくさんいるなと気づいたのは収穫です。今回の小深田亜理さんも同じです」

〈どういうこと？〉

先輩の中野からどうしても聞いてほしいと頼まれたので、今朝、信楽に「柿沢と小深田亜理は七年以上前から恋愛関係だった。その関係は一旦(いったん)、途切れたが、飛翔ちゃんがいなくなった頃に復活したのではないか」と尋ねた。

――分からないよ。

信楽の答えはいつもと同じだった。

――そうですよね、そのあたりは亜理さんに聞いてみないと分からないですよね。直接聞いてみたいのですけど、他のマスコミはあきる野の家に殺到していますが、私は、今はあくまでも被害男児の母親なのだからと取材は控えているんです。

　そう言ったのが良かったのかもしれない。信楽からはこうアドバイスを受けた。

　──行かない方がいい。行ったところで彼女はなにか影のようなものを引きずっているようで、本音を見せないとうちの刑事も言っていたから。表情だけで判断して記事を書いたら、絶対に間違いを犯す。

　影を引きずっている、本音を見せない、言われたのはそれだけだが、瑠璃も素の自分を悟られるのが嫌で無意識に心の内を隠そうとする。

〈向田さんと同じじってことは、小深田亜理さんも誰にも恋愛感情は湧かないってこと？〉

「それで柿沢孝洋を含めたら四人の男性と同時進行できたのではないかと思ったんです」

〈援助交際はしてたんだよね〉

「無性愛と言われるアセクシャルと、恋愛感情だけでなく、性的欲求も抱かないアロマンティック・アセクシャルとは別なので。彼女がどちらなのかは分からないですけど」

〈一緒に夜を過ごすようになってからは、どうだったの？〉

「柿沢は定かではないですけど、交互でアパートに来ていた三人とは関係はなかったみたいです」

〈小深田隼人とも？　彼とは結婚したんだよね〉

「なかったから結婚できた、というのが片山、佐々木の共通見解です。片山などは我慢大会を隼人くんが制した、結婚したと聞いてもう少し頑張れば良かった、隼人くんが羨ましいと話しましたから」

〈羨ましいって、もう小深田隼人とも離婚したのにね〉

藤瀬は笑ったが、それくらい彼らは本気で亜理を取り合ったということだ。嫌われないために約束を守った。

「私はこうも思うんですよ。援助交際なんて今は多くの人がやってるじゃないですか。結婚している女性もいれば、現在進行形の恋人がいるのに、本命とは別だって、平気で他の人とやれちゃう人もいるし」

〈私には理解できないな、そういう人たちって夫や彼氏に悪いとか思わないのかな〉

「それはそれ、これはこれって切り替えられちゃうんですよ」

なんだか自分はそういうことができると言っているようだが、瑠璃は一度として割り切って考えたことはない。

〈私には逆に、小深田亜理に恋愛感情はある、それが柿沢孝洋だった。柿沢に面接させたのは、こういうのはやめてと言ってほしいという、彼女のメッセージなのかなと考えちゃったけど〉

瑠璃がすぐに返事をしなかったせいか、画面の藤瀬は〈私、安い恋愛ドラマの見過ぎだな〉と顔を両手で覆って恥じた。

「止めてほしいとまでは思わないですけど、四人の中では柿沢が一番好きだったのは間違いないと思います」

　好きになる気持ちにはなれなくても、好意の順番はある。それは異性だけでなく、同性でも。そして恋人と同じように、好きになったり嫌いになったりもする。感情が永久にフラットであることは、生きている以上ありえない。

〈聞けば聞くほど、謎深い事件だね〉

　その後も藤瀬が缶チューハイを空けるまで会話が続いた。最後に〈またオンライン飲み会やろうね。ブドウジュースで付き合ってくれてありがとう〉と言われたから、アルコールに弱い瑠璃が用意していたのがワインではなく、ジュースであることは見抜かれていたようだ。

「藤瀬さんも連日お疲れだと思いますけど、気晴らししたくなったら私を呼んでください」

　そう言って画面を切った。

　正確に診断されたわけではないので、瑠璃自身、自分が「アセクシャル」なのか、恋愛感情だけでなく、性的欲求も抱かない「アロマンティック・アセクシャル」なのかは分からない。

　単に一般に言われているような人を好きになって胸が苦しくなったり、四六時中考えて、心が揺さぶられたことがないだけだ。もしかしたらこの先、すごい出会いがあって、胸がはちきれそうになるほどドキドキして苦しくなるほど、ドーパミンが脳内に溢れるかもしれない。

好きになったことがないからといって男性を拒絶するわけではなく、言い寄られて交際した男性以外にも、一緒に飲んで記憶を失うほど酔っ払い、気が付いたら男の家だった、という経験もした。ただしその相手は紳士で、瑠璃をベッドに寝かせて、自分はソファーで寝ていたのだが。

興味がないのに、異性と軽率な行動を取ってしまうのは、嫌悪している自分自身への懲罰の意味もある。心身を傷つけ、痛みを受けることで空疎な心を埋めていく、あるいはその場しのぎの応急処置……。

記者になってからも、支局勤務をしていた頃までは何度も自暴自棄になった。

今は実経験が取材相手を思う気持ちに繋がったと前向きに考えられるようになり、やめるつもりだった記者を続けている。

小深田亜理も過去を引きずらずに、前を向いて進んでほしい。

とはいえ子供を失った母親が、そう簡単に立ち直ることはできないだろうけど。

16

洸はその日、午後九時に帰宅した。

「おかえり」

菜摘と咲楽が声をハモらせて迎えてくれた。

「あら、咲楽も起きてたんだ」

「パパを待ってたの？」

幼稚園に通い出した三歳の咲楽は両手を広げてだきついてきた。

「明日も早いから寝ようかって話してたんだけど、ちょうど洸くんからメールがあったから、起きてるって」

「そっか、ありがとな、咲楽」

抱っこした娘の頭を撫でた。定時終わりが二係捜査の基本だが、取調べや聞き込みが始まるとそういうわけにはいかない。先週は日を跨いだのが二度、さらにもう一日は新宿署の宿直室を借りた。

「パパにあげて」

台所で菜摘が注いだビールグラスを咲楽が両手で運んでくれる。グラスを持てばビールは温くなる。だが洸にはこのビールが一番旨い。ウエイトレス仕事が気に入っている咲楽は、これをやりたくてパパの帰りを待っていてくれたようなものだ。

泡が膨らんでいるのが気になり、零さないようにいつも以上に緊張しているようで、咲楽の足もとがおぼつかない。

ヒヤヒヤして何度か手を伸ばそうとするが、咲楽はどうにか到着した。

「ありがとうウエイトレスさん、ではいただきます」

行った。

ビールを一飲みする。笑顔で眺めていた咲楽は、「おやすみなさい」と菜摘と寝室に行った。

ビールを飲み終えた時には咲楽を寝かし終えた菜摘が戻り、晩飯を作ってくれた。菜摘はすべてにおいて手際がいい。寝かせる時には余計な話は一切しない。この時間まで起きていることが少ない咲楽は、相当眠い。それなのにこれが洸だと、要らぬ話をしてせっかくの眠気を遠のかせてしまう。

仕事で頭が回らない時は、休日の育児も妻任せだ。

自分は典型的な気まぐれな男親なのだろう。子供と遊んでいるつもりでも実は遊んでもらっている。菜摘が専業主婦をしてくれているから助かっているが、これが共働き家庭ならどうなっていたことやら。咲楽と二人で出かけて、迷子にしてしまうくらいのことは一度や二度は起きていたかもしれない。

食事をしながら、菜摘に女性心理について相談した。

仕事は家に持ち込まないようにしているが、男には分からないことは被疑者、被害者の名前は避けて訊くようにしている。

「今は恋愛関係がない男女が一緒に住むのは普通にアリなんじゃないかな。シェアハウスとかもあるわけだし。私がするかといえば、やっぱり嫌だけど」

一人の女性が、恋人でもない男、それも三人と暮らしていたという話に、菜摘はとくに違和感を抱かなかった。

「シェアハウスみたいに男三人、女性一人じゃないよ、それぞれが交替で男が来るわけだよ」

「一対一の方が余計に気が楽かもしれないよ。他に気を回さずに過ごせるわけだから」

「一対一だと怖いという感覚はないのかな」

「相手にもよると思うけど、アメリカに留学した高校の友達は、安全のために男性のルームメイトを探したって言ってたな。バスルームが男性の部屋の方にあって、最初はバスルームでちゃんと着替えて男性の前を通ったけど、そのうち気にならなくなって、バスタオルを巻いただけで通過できるようになったって」

「それはいくらなんでも無謀すぎない？」

安全のために男性とシェアをするという考えからして、洸には理解できない。似たケースで浮かんだのは、女性が一人暮らしに見せないために、男性ものの下着を干すこと。今時そんな女性はいないだろうけど。

「私はその三人の男性より、男性たちを面接した人の方が気になるけどね。その人、女性のことを大切に思っているからわざわざ面接したんだよね。女性に対する感情はどこに置いてるんだろう」

「普通の神経なら、面接なんかせずに他の男と会うなって言うよな」

「自分は好かれていないいって思ったのかな」

「それが他の三人ともに、彼女の恋人に誰がふさわしいかと言えば間違いなくその面接した男だったと言うんだよ。ただ既婚者だから本気の恋愛対象にはならなかったんだろうけど」

「その男性って既婚者なんだ。奥さんはどういう人」

「これもまたきれいな人だったよ、同居していた女性とは真逆のタイプだったけど」

この日、初めて柿沢の元妻である近本美織に会った。

小顔だが、大きな目に高い鼻、厚い唇と、目立つパーツが顔の真ん中に集まっている、どこか西洋人のような派手な顔立ちをしていた。

これまで彼女と会えなかったのは、近本アーバンクリニックの近本勝昭から、自分が話をしたのだから、娘は放っておいてくれないかと頼まれたからだ。それが短時間ならと、今日になって許しが出た。

当然のことながら美織は、元夫が殺人を自供したことに戸惑っていた。同時に柿沢が警察でどのように供述しているのか、本当に子供を殺したのか、捜査状況を聞きたがった。

――詳しい事情については話せないのです。それより美織さんにとって、柿沢はどんな夫でしたか。

――正直、理解不能な人でした。

彼女は形のいい鼻に皺(しわ)を寄せた。

――大学の時からの付き合いなんですよね。

——その頃から無口で自分の話はあまりしない人でした。それがクールだって女子からは人気がありましたね。私の方からアプローチしたんですけど、正直、私のことをどう思っているのか、どうして結婚したのか、疑問に思ったことはなんべんもありました。

——それはお父さまのクリニックがあったからじゃないですか。柿沢はその後釜を狙っていた？

新たにコンビを組んだベテランの熊野が言った。取調官は温和な阿部の方がいいだろうという信楽の判断で、熊野と阿部が入れ替わった。

十日間の勾留延長となったことで、今度こそ柿沢から飛翔ちゃんの遺棄現場を聞き出さなくてはならないが、信楽は取調べを阿部たち新宿署員に任せて、「俺はもう少し、事件の背景を調べてみる」と警視庁に戻った。

——私も最初は、うちが開業医だからかなと思ったんです。でも初期研修を修了したらすぐに、クリニックに来ると言ったのに、彼はそうしなかったし。

その理由は、結婚の二カ月後に奇妙な同居生活が始まったからだ。川崎の病院に残った柿沢は一年間、毎日曜日は下落合の小深田亜理のアパートに通った。

——正直、結婚する前から私たちの関係は終わっていました。それどころか最初から始まっていなかったのかもしれません。

——お二人で話し合われたりはしなかったのですか。

——最初はしましたよ。でも話しても無駄だし、それで私から離婚を切り出したんです。

——それっていつ頃ですか。

——別れ話みたいなのは結婚してすぐですけど、離婚という言葉を出したのは三年目くらいです。

——実際の離婚よりずいぶん前ですね。ということは、孝洋氏は美織さんの申し出を拒否したということですか。

——拒否というか、きみの好きにしていい、他の人とつきあっても構わないから、今のままクリニックに残らせてほしいと言われたんです。クリニックに残るということは離婚はしないってことです。

——浮気を唆されたってことですか？　そのことについては？

——この人でも欲があるんだなと。

——将来、クリニックを自分のものにしようとしたってことですか。

——将来的なことは分かりませんが、父も医師として彼のことを頼りにしていたので、私も我慢して仮面夫婦に付き合いました。

——それがどうしてやっぱり離婚することになったのですか？

——それも突然、彼から離婚に応じると言ってきたんです。応じるというより、離婚してほしいですね。突然、頭を下げてきて。

——驚きましたか。

――驚くよりまたか、って思いました。彼、うちのクリニックに来ると言ったのも急だったし、事前の相談というのはまったくない人だったので。

こうした夫婦を意思の疎通ができていない、すれ違い夫婦と言うのか。お互いが無関心だったのだからもっとひどい関係かもしれない。警察が依然として事件の内情が見えないのと同様に、妻だった彼女からも、元夫が事件を起こしたことは不可解でしかなく、まったく理解不能なのだろう。

――離婚の条件についてはどんなことを言っていましたか。

――俺が悪い、美織の人生を遠回りさせたのだから慰謝料も払うと。クリニックもやめる。お義父さんにも自分から伝えるから心配しなくていいって。こっちもいろいろあったので慰謝料はもらわなかったですけど、次の日には離婚届を用意していて、先に判を押していました。

――それが去年だったんですね？

――はい、一月の終わりです。

柿沢が新宿で小深田亜理と中学以来の再会をしたと嘘の証言をしたのが二〇一八年の十二月の暮れ、一月下旬ならほぼ同時期と見ていい。

近本美織に聞いた内容もぼかしながら、二人の関係を菜摘に話した。柿沢孝洋とも、ダブル不倫が疑われる相手は行方不明男児の母親とも出していないが、ネットニュースを日々チェックし、もとより勘のいい菜摘のことだから察しはついているだろう。

「男性の元奥さんも可哀想だね」

「奥さんにも彼氏がいて、亭主公認の浮気だったみたいだから、自由にしていたようだけど」

「そうは言っても楽しめなかったと思うよ」

「気持ちはすっきりしないよな」

「元奥さんは本当は旦那さんの方が好きだったような気がするな。自分を振り向いて欲しかったんじゃないかな」

父親の近本勝昭は娘の行動を心疚しく話したが、菜摘は美織を擁護した。

菜摘がかばった女性は近本美織だけではなかった。

「三人の男の人と一緒に住んでいた女性も、そうしたのは理由があったような気がするな」

「理由ってなに？」

「怖かったんじゃない？」

「怖いってなにに対して」

柿沢をはじめ男たちは皆口を揃えてゴーストと言った。だがストーカーの話は菜摘にはしていない。

「うーん、ちょっと言いにくいけど」

菜摘が言い淀んだので、「気にしないで思ったことを話してよ、意見を参考にしたくて訊いてるんだから」と促す。

「たとえば過去に性的被害を受けたとか」

「レイプってこと？」

「そう。その時の恐怖がＰＴＳＤ（心的外傷後ストレス障害）になっているんじゃないかな。それで夜に一人でいると思い出すとか」

「そのために誰かにそばにいてほしかったのか」

小深田隼人はそれを添い寝友達と言っていた。キスもさせてもらえなかったが、手をつないだことはあったと話したのは、確か片山元気だった。

「いきなり部屋に侵入されたとか、夜中に信頼していた人に襲われたとか。あっ、私が思うまま言ってるだけだからね。真剣に調べるなら専門医に聞いてね」

「大丈夫だよ、菜摘の話も的を射てるような気がする」

夜は一緒だが、昼間の亜理は自宅で一人でウェブデザインの仕事をしていた。普通に外出もしていた。

信頼していた人に襲われる恐怖を抱いていたなら、小深田隼人ら三人にしても、柿沢孝洋にしても該当するのではないか。

自分は古い人間なのだろう。女性と二人きりで長い夜を過ごせば、理性が性欲を抑えられなくなり、自然と男女の関係になってしまうように想像してしまう。

だが今は草食系と呼ばれる男性が増え、絶食系や、異性に興味のない男性も結構な数いると聞く。

ただし三人が草食系だったかといえばまったく異なり、片山元気と佐々木直はなにもしないで一緒に過ごすだけの生活に嫌気がさして亜理から離れ、小深田隼人も結婚したが、何度か求めを断られたことがきっかけで、浮気して離婚に至っている。

そんな危険を冒してまで、部屋に異性を入れた小深田亜理の心情は、どうにも解せない。

翌日、洸は熊野と新宿署を出た。

熊野は相変わらず取調官を外されたことに不満を持っていた。

「信楽焼はどういうつもりなんだろうな。残り八日しかないのに、いまだ温い調べしかやらないんだから」

よほど頭に来ているのか洸の前なのに、信楽の捜査を面白く思っていない連中がつかうあだ名で呼ぶ。

「部屋長は以前から、二係捜査は短期勝負だと話していました。失敗はできないから、慎重にやって、僕や熊野さんにも証拠集めに回ってほしいと思ったんじゃないでしょうか」

熱くなっている先輩刑事を気遣う。だが短期勝負なのは、別件で逮捕された被疑者の取調べに、警察署が協力的でないからで、新宿署は過剰防衛の容疑は固めて、飛翔ちゃんの事件にすべての時間を割いてくれている。

「信楽焼の捜査は薪割りではないのかよ。その本人が、取調室に入らないんだから、俺には訳が分からないよ」

薪割りという言葉を久々に聞いた。無理やり叩いて口を割らせるという意味だ。

確かに証拠より自供を重視する信楽の捜査は今の時代にはそぐわない。洸も最初の頃は、こんなやり方で大丈夫なのかと不安に思い、反発もした。

実際の信楽の取調べは、暴力的なことは一切ない。熊野の方が、本人の自覚なしに声が大きくなったり、あからさまに舌打ちしたりする。

「あっ、俺、もしや信楽さんのこと違う呼び方をしていたか」

我に返ったのか、助手席で熊野が突然、顔を強張らせる。

「はい、思い切り信楽焼と言っていましたよ」

正直に答えた。

「信楽さんに言わないでくれよ。気を悪くされたら困るから」

信楽は身長があるし胸板も厚いが、熊野の方は体がごつくて、鍛えているのか二の腕は隆起している。力勝負なら熊野が圧倒しそうだし、階級は二人とも同じ巡査部長だ。

にもかかわらず熊野がここまで信楽を恐れるのは、上司の泉が尊敬しているという以上に、信楽が結果を残してきたからだ。

刑事は大きな事件をより多く解決した者に、畏怖の念を抱く。たとえそれが陰で信楽焼と揶揄されている変わり者の刑事であっても、ねたみそねみになるだけで、自分より上に見てしまうのは変わらない。

熊野にはまだ柿沢に当てるには証拠固めが足りないと話したが、洸もまた、自供捜査を重視する信楽がなぜ取調室に入らないのか不思議で仕方がない。

二度目の勾留期間も二日経ち、残り八日間になったこともあるが、今朝新宿署にいくと、泉課長が気難しい顔でネットニュースを読んでいたのも心配の種になっている。

——なにが載っているんですか、その雑誌に。

——昨日発売された雑誌の記事だよ。俺も署長からこんなの出てるぞと聞かされ、驚いた。

実話ボンバーという雑誌の配信記事だった。そのタイトルに目が釘付けになった。

《あきる野の男児不明、母親と愛人の共謀説が有力》

大きな見出しで出ていた。

先週発売された週刊時報が書いたのは、小深田亜理と柿沢孝洋に不貞行為があった疑いは残るが、その関係を断られたのが犯行理由であって、柿沢の一方的な片思いが凶悪な犯行に至った、までだ。

それを実話ボンバーは、過剰防衛で逮捕された柿沢と、子供の母親の共謀説、そして二人は七年前に東京で再会していてすぐに交際に発展、交際していたのに柿沢はまもなく医師の娘と結婚したことまで書いてあった。

さらに文中のサブ見出しには《女性には他にも複数の男の影》とも。交互に家に泊まったとまでの記載はなかったが、母親には当時、他に親しい男性が三人いたなど、まるで性に奔放な女性という印象まで読み手に与えていた。

――これはまずいですね。

週刊時報が総合週刊誌なら、実話ボンバーは、ヌードグラビアが巻頭から続くので娯楽週刊誌と呼ばれていて、記事の信憑性(しんぴょうせい)は低い。ひと昔前なら、一部の男性以外は買わなかったが、今はヤフーニュースなどに転載されるので、たくさんの人の目に入る。

その上、見出しだけでは、全国紙の記事なのか週刊誌の記事なのか、それともゴシップ誌の根拠のない記事なのか区別がつかない。

よく見れば出所は出ているが、そこまで確かめる人がどれだけいるか。完全な真実としてこの内容のまま拡散しないか、これもネットニュースの怖さだ。

――ただでさえ小深田亜理の自宅前にはテレビカメラが張り込んでいるのに、ますますマスコミが増えてしまう。これまでは被害男児の母親としての取材だったが、この雑誌が昨日出て以来、マスコミはまるで亜理のことを被疑者のように、逮捕された時用に写真を撮り、インタビューを狙っている。亜理は一度買い物に出たが、途中で引き返して、それ以降は自宅にこもりっぱなしだ。

――課長、こうなったら亜理も呼んだ方がいいんじゃないですか。

熊野が任意での取調べを進言した。また熊野が前のめりになっていると洸は感じたが、泉は返事もしなかったから、その方法も考えているのだろう。警察ではなくとも、どこかのホテルに避難させるとか。警察に不信感を覚えている亜理がその申し出を受けるかは分からないが。

雑誌が憶測で書いたせいで、捜査はいっそう難しくなった。

ただし、亜理が息子を溺愛し、公園で楽しそうに遊んでいたなどとの証言はあるが、共謀して子供を殺したという線は完全に否定はできない。

警視庁に戻った信楽は、そのことも考えて、もう一度データベースや当時の捜査資料を洗い直しているのかもしれない。

残り七日となった翌日は、渋谷の小深田隼人の会社に向かった。三度目とあって、今まで以上に迷惑そうな顔をされた。

「週刊誌におかしな記事が出たと思ったら、また俺ですか。これでは三人の男と出ていた中から、俺が疑われているみたいな気がしますね」

飛翔ちゃんがいなくなれば養育費を支払わなくて済むなど、小深田にも動機が生じる。ただし失踪時、彼はシアトルにいたのでアリバイはある。

「実話ボンバーの記者は会社にも来ましたか」

亜理と柿沢の関係復活を面白く思っていない小深田が週刊誌に流したのではないかと、探ってみる。

「来ましたよ。家のインターホンも何度も鳴らされました」

「記事に書かれていた内容、小深田さんが話したのですか」

「まさか。インターホンが鳴っても出てませんし、会社に来ても受付で追い返しましたよ」

嘘をついている様子はなかった。となると残り二人の同居者か、中央新聞に話した片山元気の友人かもしれない。

あるいは出会い系サイトの客から柿沢が面接して三人を選んだということは、面接で漏れて、恨みを抱いている男性がいるのか。週刊誌にはタレコミも多く、彼らは警察の捜査とは別方向から情報を摑むので侮れない。

「どこでなにを聞かれても答えない方がいいと思います。奥さまのためにも発言にはくれぐれも注意してください」

言ってから元奥さまだと言い直そうとしたが、やめた。どう言おうが小深田から亜理を気遣う言葉など出てこない。

ここの夫婦はとっくに壊れていた。そして他の夫婦も。華やかな顔なのに、最後までどんよりした表情で結婚生活を振り返った近本美織を思い出した。

小深田も近本美織も新しいパートナーを見つけている。既婚時からやっていることは同じだ。ただしその原因の一端はそれぞれのパートナー、亜理と柿沢にもある。

セックスを断られたからといって、他で浮気をしたという小深田の弁解は聞くに値しない。ただ一方で夫婦での外出どころか、会話もなく、他の男性と付き合っても構わないと言われた近本美織には同情した。柿沢の気持ちが結婚した頃から亜理に向いていたとしたら尚更(なおさら)だ。

「今日は三人での同居が終わって、亜理さんのそばにいたのが小深田さん一人になってからの話をしてくれますか」

「いいですけど、そんなこと、事件に関係ないと思いますけど」

小深田は辟易(へきえき)したような顔を見せる。

「一度、添い寝の関係は解消されたっておっしゃいましたよね。小深田さんはそれを納得されたのですか」

「納得はしてませんよ。連絡はずっとしていたし」

「連絡ってどのような？」

「メールで大丈夫か、元気か、その程度ですけど」

「前に週一、二回のデートを続けて、プロポーズしたとおっしゃっていましたね。結婚を申し込んだのはいつですか」

「すぐですよ。会いたいと言ったら、会ってくれて。もう俺しか相手は残っていなかったから、基本どの日でも大丈夫でした。亜理は仕事といっても、たいしたことはしてなかったから」

「そういう日は泊まり？」

「まぁ、そうなりましたね」

「失礼ですが、肉体関係は？」

それまでポンポンと返ってきた小深田の返答が止まった。沈黙が続く。

「なかったということですね」

「どうしてセックスは嫌なのか、まだみんなで交替して家に行ってた頃に亜理に聞いたんです。そうしたらそういうことはちゃんと付き合った人としたいって。その言葉がずっと残っていたから、俺と本気で付き合ってくれと告白して、それで結婚したんですよ。でも言ってたことと全然違ってて……」

また語尾が曖昧になった。

結婚したが、亜理の拒絶は変わらず、子作り以外で肉体関係に応じなかった。菜摘が推測した通り亜理に性的被害のトラウマがあったとしたら、そうした事情も得心がいく。そうなると援助交際をしていた過去と矛盾するが。

「前回、柿沢が亜理さんから離れていった理由を訊いた時、小深田さんはなにか言いたそうだったけど、あれってなにを言おうとしたんですか」

「なにもないですよ、刑事さんにどう聞こえたのかは分かりませんけど」

「もしかしてゴーストなんて最初からいなかったと言おうとしたんじゃないですか」

まったくいない作り話を柿沢と亜理がしていたとは思っていない。実在していなかっただけで、亜理の心理的な幻想は考えられる。

知りませんよ、と投げやりに返してくるものだと思った。ところが小深田は目を寄せてなにか考えている。

「あのぉ」

目線が上がってなにか言いかけたが、やめた。

「どうしました、気になることがあったら話してください」

「その通りですよ。俺ら三人でよく話してましたから」

「その通りとは？」

「だからゴーストなんていないってことです。いや、いないわけではないか。実際はいたんだから……」

途中から言っていることが理解できなくなる。小深田も話していて要領を得ないと感じているのか、途中で口ごもった。言っていいものか、迷っているように感じ取れた。

「話してください、あなたが思ったことを」

彼は一度唾を呑み込んで声を出す。

「……俺はそのゴーストが、柿沢孝洋じゃないかと思ったことがあります」

「柿沢ですか」

「亜理はあの男の言いなりになっていたんじゃないかと。彼女の中で感情を操作するから、それでゴーストなんじゃないかと」

「言いなりって、まさか援助交際をさせていたのも柿沢だと言いたいのですか」

「そこまでは言い切れないけど、亜理は急に震えだしても柿沢にメールしたら落ち着きましたし。飛翔の件で、あの男が再び現れたと聞いて、俺はやっぱりそうだったかと確信しましたから」

最後は断定した。

確かに柿沢が亜理の前にふいに現れたのは間違いない。

だがコントロールしていたらどうして飛翔を殺す必要がある。そもそもなぜ柿沢は亜理のもとを離れて、小深田との結婚を許したのか。

隣の熊野を見る。熊野も口を結んで考え込んでいた。

17

柿沢孝洋がゴーストという名を使って小深田亜理を支配していた――。

小深田隼人が言った内容を洸は熊野とともに新宿署に戻って報告した。

「つまり小深田亜理は柿沢孝洋の言うことを聞いていた、洗脳されてたってことか？」

連絡を聞いて新宿署にやってきた信楽に確認される。

「洗脳とまで小深田隼人が言ったわけではないです。彼は言いなりという表現を使いました」

「言いなりも洗脳も同じだよ」熊野が割って入る。「そうなるとますます飛翔ちゃんの行方不明に小深田亜理が共犯だった疑いが出てきませんか。やはり亜理を引っ張りましょうよ」

熊野は小深田の会社を出てきた時からずっとそう言い張っている。

「週刊誌に余計なことを書かれた以上、任意で引っ張るとえらい騒ぎになるぞ。うちの署まで見たこともないマスコミが張り付いてるんだから」

そう言った泉課長が、「おまえはどう思う」と取調官をしている阿部に振った。

「洗脳って言葉が適切かは分からないですけど、一度離れてもまた近寄ってくる、そういう作戦も洗脳する側の人間にはあるんじゃないでしょうか」

「ということは阿部もゴースト柿沢説に同意か」

「いいえ、私はそこまで考えたこともなかったので、正直ピンと来ていません。ただ小深田隼人がそう言ったのなら、調べる必要はあるかなと思ったくらいです」

「森内くんはどうだ？」

「僕も阿部さんと同意見です。こればかりはもう少し調べてみないと分かりません」

洗脳についても署に戻るまでの短い時間に調べた。様々な説はあるが、これ以上対象の言うことを聞くのはやめようと決め、一度はその対象から距離を取る。だが再び対象者が近寄り、優しくされたり、きつく叱られたりすると、従ってしまう。恐怖によって脳がコントロールされることもあれば、この人しかいないんだと自分から受け入れてしまうこともある……。

つまり洗脳する側の「執着」に対し、受ける側は「依存」だ。もし小深田亜理が上京後は柿沢を頼って生きていたとしたら……。奇妙な同居生活を終え一旦離れたのに、また近づいてきた、そうしたアプローチが彼女の思考を狂わせたのかもしれない。

「そう言えば、近本美織もこんな話をしていました。柿沢はおとなしくて、なんでも受け入れるタイプだったけど、一度だけ大声を出されたことがあると」

メモを見ながら洸が言った。

「それはどんな時だったんだ」と信楽。

「はい、結婚当初から休日が合わなかったせいか、夫婦らしいことはまるでなかったそうなんですが、ある時、毎日曜に柿沢が内緒で出掛けているのを知って、浮気してるのかと訊いたそうです。車のメーターが毎週増えていたと言っていましたね」

「そうしたら柿沢はどう答えたんだ」

「肯定も否定もしなかったそうです。なので当たりなんだと思った。それからしばらくして近本美織が、いいね、あなたが優しくしてあげるおかげでその女性は楽しくて、と皮肉を言いました。柿沢は急に大声を出して、『世の中は、きみみたいな恵まれた家庭に生まれた人間ばかりではないんだ』って。孝洋が大声を出したのはその一度きりだそうですけど」

「やっぱり柿沢がゴーストなんですよ、柿沢に聞きましょうよ」

熊野はすっかりその気だ。顎に手を当てて考えていた信楽の考えは、少し違っていた。

「亜理が誰かの支配を受けていたのは間違いないだろう。ただ俺はそれが柿沢だというのは引っかかるんだよ」

「どうしてですか」

阿部が聞き返したが、信楽が答えるより先に熊野が喋った。

「柿沢はまた売春をさせようとした。それをさせるには子供が邪魔になった、それが動機になるんじゃないですか」

「なぜ売春をさせる必要などあったんだ。研修医時代の安月給なら分からなくもないが、今は立派な医者だ。義父のクリニックをやめても新宿記念病院で雇われた。年収は？」

信楽は泉を見る。

「勤務医でも中堅ですから、二千万近くはもらってたんじゃないですかね」

「そうだよな。それに研修医の頃にしたって、柿沢がさせていたとは思えないよ」

「どうして、そう思うのですか。研修医は安い金でこき使われると言われています。当時の柿沢はローンを組んでいたんですよ」

熊野が言い張る。そのことは近本美織が、婚約指輪をローンで買ってくれたと話してから調べた。指輪だけでなく、当時乗っていた国産車もローンだった。

「金が必要なら、亜理と夜を過ごすことを許した三人からも金を取ってるはずじゃないか。小深田たち三人は金を払ってないんだよな、森内？」

「はい、小深田からは『なにもできないのに？』と、なに馬鹿なことを訊くんだって顔で言われました」

洸が言うと、阿部も「とても元妻への言葉とは思えない口ぶりで、聞いていられなかったです」と付け足した。

「それに柿沢が遺棄現場を吐かないのが俺は釈然としないよ」

「それは遺体が出てきたら殺人死体遺棄で逮捕されるのが分かっているからじゃないですか」と熊野。

「それなら最初から殺したと自供しないだろう」

「まぁ、そうですよね」

その点は熊野も同意した。

「部屋長の言うのが正解な気もするけど、せっかく森内くんと熊野で、小深田から興味深い証言を聞いてきたんです。部屋長、ゴーストのことを柿沢にぶつけて、反応をとってもいいんじゃないですかね」

「そうだな、泉。やってみるか。これは森内と熊野さんで頼むよ」

「はい」

これまでミラー越しに見てきた洸は、初めて柿沢を取り調べるチャンスをもらった。熊野も戻れて嬉しそうだった。

「警視庁捜査一課の森内です」

そう名乗ってから森内は柿沢孝洋の前に座った。

対面した柿沢は優男で、女性受けが良さそうに見える。妻の近本美織も美しかった。容姿に恵まれ、医師という肩書きも申し分のない既婚男性が、なぜここまで一人の女性に固執したのか。

柿沢は勾留期間が延長されてからの四日間、ほとんど喋っていない。小深田亜理と再会したのは七年以上前であったこと、その後、亜理と一晩過ごす三人の男がいて、その男たちを柿沢が面接して選んだことなどの問いにも黙秘を貫いた。

起訴まで残り六日。逃げ切ろうとしているのか。取調室に入る前に阿部に様子を尋ねたが、阿部は「俺にはけっして開き直っているようには感じられなかった。ただどうしても話せない、そういった感じがしたよ」と述べていた。

「今日はゴーストについてお聞きします」

洸が切り出しても、柿沢の両手は膝の上、視線を下げたままだった。

「あなたは亜理さんにはずっと付きまとうストーカーがいる、それをゴーストと呼び、そのゴーストから亜理さんを守ってほしいと三人を面接したそうですね。ですけど三人が交互に亜理さんのアパートに泊まっている間、ゴーストは一度も現れなかった。最初からゴーストなどいなかった。あなたが面接した三人の方々は、あなたがゴーストだと話しています」

そこでおもむろに柿沢の表情に変化があった。顔を上げ、洸の顔を見る。当たりなのか。

「あなたが小深田亜理に売春させていた、そうした疑いもありますよ」

「違う。そんなこと、僕はさせない」

声を出した。ただし絞り出すような細い声だった。

「ではゴーストは誰だったんですか。あなたは三人より亜理さんに近いポジションにいた。ゴーストが誰かくらいは聞いているんじゃないですか」

柿沢はなにかを言おうとした。唇が震えている。しばらく待ったが声は聞こえてこなかった。

「まただんまりか。困った人だな」

熊野がため息をつく。

あまりいい手段ではないが、洸は次の手に出ることにした。

それまでは柿沢の動揺を考えて取調べでは伝えなかったことだ。

ただしこれは、柿沢が純粋に亜理に恋心を抱いていたケースでのみ効果がある。

近本美織の話を聞く限り、結婚してからの柿沢の心はずっと亜理に向いていた。

それがいっとき、亜理から離れたことで、彼女への思いを打ち消すかのように仕事に没頭した。美織が離婚を申し出ても、クリニックの仕事をさせてほしいと、結婚生活の継続を望んだ。

ところが去年の一月、柿沢から離婚を切り出した。その頃、柿沢と亜理との間になにかがあった。そう考えるのが普通だ。亜理に対して、改めて強い恋心が芽生えたなにかが。

しかし小深田が言ったように柿沢はそのような純粋な男ではなく、亜理を洗脳して、売春させていたのなら平気で嘘をつくだろう。

再びうなだれた柿沢の表情を確認しながら、切り出すタイミングを計った。

「週刊誌があなたと小深田亜理さんが共謀して、飛翔ちゃんを殺したと書きました。そのせいで今、あきる野市の亜理さん宅にはマスコミが多数駆け付けています」

また柿沢の顔が上がった。

「週刊誌にはあなたと亜理さんが会ったのは一年半前ではなく、七年以上前だったこと。そして亜理さんには同時進行していた三人の男がいたことも書かれてましたよ」

「違う、そんなのデタラメだ」

顔いっぱいに動揺を広げて声を吐き出す。

「だとしたらどうデタラメなんだ。あなたは我々の取調べにも本当のことを話してくれないじゃないか。そんな態度だから彼女が傷つくんだよ」

熊野が冷厳な物言いで口を出した。

「それは……」

「それはなんですか」

「本当に一年半前だったからです」

「それは二度目の再会でしょ？　一度目はもっと前ですよね」

「…………」

また黙秘に戻った。

「なぜ中学以来の再会が一年半前だなんて嘘をつく必要があるんですか。それくらいのこと、警察は簡単に調べられますよ」

実際は中央新聞にタレコミがなければ分からなかった。小深田亜理だけではない。小深田隼人まで口裏を合わせたかのように七年前の出来事は話さなかったのだから。

「一年半前にあなたと亜理さんにまた新たななにかが生じたんじゃないですか。一度離れたのに、あなたは無性に亜理さんに会いたくなって連絡したとか」

「…………」

「そこで美織さんと離婚した。以前から美織さんは離婚を望んでいたので、そこは滞りなく済んだ。でも亜理さんとの関係は思うようにならなかった、違いますか」

柿沢は答えない。

その日の取調べで、新しい発見は何一つなかった。

18

瑠璃は朝一番に会社に来るように呼ばれた。

編集局内の会議室には捜査一課担当をまとめる「仕切り」の中野以外に、蛯原社会部長と警視庁キャップの辻本がいる。捜査一課担当の三人を含む九人の警視庁担当記者を統括するのがこの辻本だ。

呼ばれたきっかけは、瑠璃が辻本から注意を受けたことに始まる。

――向田さん、きみはなにやってんだよ。信楽の家に行ってるのはきみなんだろ？　週刊誌に先を越されただけでも問題なのに、きみからネタは一切上がってこないじゃないか。

――すみません。

記事が出ていないのは事実なので素直に謝った。辻本もそこまでは冷静だった。それが「信楽はどう言ってんだ」と聞かれ、「分からないよ、としか言ってません」と答えると、辻本の顔から、調査報道班から預かった記者だという瑠璃への遠慮が消えた。

――分からないと言われて、きみは黙って引き下がったのか。そんなの取材とは言えないだろ！

激情型の辻本にしてはそれでも優しい言い様だ。他の記者には、今の時代にはそぐわないほど怒鳴っている。

瑠璃も自分は三カ月限定の助っ人だからと、これまでは従ってきたが、辻本が言った「黙って引き下がった」には承服しかねた。

――分からないものは分からないですよ。確かに柿沢孝洋は、一度は殺害を認めましたが、遺体を埋めた場所については嘘の自供をしたんですから。

――嘘をついたのは女が共謀してるからだろう。

――小深田亜理が共謀していたとしたら、それをどうして柿沢は隠すんですか。

――遺体が出てきたら亜理も逮捕されるからではないのか。

――それでしたら最初から殺したなんて言わないんじゃないですか。

――思わず口にしてしまったとか。

――そんな安易に自供したのなら、その後も取調べに応じていますよ。その後の柿沢はほぼ黙秘なんですから。

勢いの良かった辻本が言葉に詰まった。

辻本には話していないが、二人が共謀したとの疑いは信楽にぶつけた。

毎回「分からないよ」が出るのは事実だったが、信楽からは亜理と三人の関係や援助交際について教えてもらっている。

面接役の柿沢をはじめ、片山と佐々木が離れ、亜理の元夫の小深田隼人が残った。

二人はその後、交際、結婚と発展して飛翔が誕生するのだが、夫婦関係はうまくいかなかった。その理由は夫の求めを亜理が拒んだから……そこまで詳しく話してくれた。

――もしかして飛翔ちゃんって、柿沢との間にできた子供なんじゃないですか。

瑠璃が言うと信楽の肩が動き、珍しく反応があった。

――当たりですか？

――俺が考えもつかないことを言うから驚いたんだよ。確かに小深田隼人は、亜理は柿沢に洗脳されていたと話している。だけどそれはないな。

――どうしてですか?

――自分の子供を柿沢が殺すことは考えにくい。

――確かに。そうなると柿沢が言った、離婚できない理由が子供のせいだという殺害の動機も通じなくなりますものね。

――その動機は最初から信用していないけど、我が子を殺すのはよほどの人でなしか、どうしようもない理由がないとありえない。それに亜理が望まぬ形で、飛翔が柿沢に殺されたのであれば、彼女は柿沢の犯行だと警察に伝えているはずだ。洗脳たってそれくらいショックなことがあれば、解けるか、多少の変化は出るものだ。

そこまで話して、昨日の取材は終了したのだった。

瑠璃が言うことを聞かなかったことに、辻本は立腹して、中野に信楽担当を交代させろと命じた。

普段は辻本に従順な中野だが「向田さんがここまで信楽にくっついて関係を築いてきたんです。変えません」と瑠璃を守ってくれた。

「どうしてだ、中野」「信楽さんの心を開いたのは向田さんが自力で調べたからです」「違うだろ。藤瀬が紹介したからだろ」「紹介で刑事が心を開かないことくらい辻本さんも分かっていますでしょ」……社内の不穏な空気を知った蛯原部長が「一度話し合おう、みんな会社に集まってくれ」と瑠璃、辻本、中野の三人を会社に集めたのだった。

「このままだと小深田亜理が逮捕された時、うちは特オチを食らうぞ。他社は全員亜理宅に張り付いているんだ。多少なりともコメントを取っている」

顔を見せた時からずっと怒っていた辻本が、口角泡を飛ばす。

「それはできません。信楽さんから亜理さんの家には行かないでくれと言われているんです」

瑠璃も押しに負けてたまるかと反論した。

「きみは刑事から行くなと言われたら従うのか。きみは警察の下請けか？　調査報道班って、そんな温い部署なのか」

「行くなと言われたからではありません、私の判断で行くべきではないと決めたんです」

「それが温いんだよ」

「温いは失礼です。お言葉ですが、調査報道班は、警視庁担当に負けないだけの記事を出しています」

「調査報道では通用しても、事件取材では通用しないって意味だよ」

辻本はゆで蛸のように顔を赤くする。

「言いたいことを言い合ったからって、一時的にすっきりするだけで、わだかまりは残る。二人ともいったん落ち着こう」

蛯原が柔らかい口調で割って入る。

「ですが部長、今のままでは」

辻本は不満たらたらだったが、蛯原は手で制して瑠璃の顔を見た。

「信楽という刑事はどうして向田さんに行かないでくれと言ったのかな。小深田亜理をあまり追い詰めると、いざ逮捕状を取れても、取調べをしても吐かなくなるってことか」

「自殺されることを心配しているんじゃないですか」中野が先に言った。

「もうテレビ、週刊誌、新聞を含めたら十社は来てる。いまさらうちが行くまいが死ぬなら死んでるよ」

辻本が言い捨てる。確かに辻本が言った通り、今さら亜理を追い詰めることにはならない。

「私は他の記者の考えに流されるなという意味だと思います」

瑠璃が頭の中を整理して答えた。

「向田さんは、信楽という刑事は、小深田亜理は子供殺しには無関係だ、あくまでも被害男児の母親と考えていると言いたいのかな」

「まったく無関係かどうかは分かりません。ですけど二人が共謀して殺したと週刊誌が書いたような単純な事件ではないと見ています。だから決めつけるな、と私に忠告してるのだと」

「決めつけてるんじゃないよ。可能性があるから各社、張り込んでいるんだ」

辻本が口を差し挟む。

「彼女はマスコミの取材に一切答えていませんし、そこにわざわざ記者を一人割くこともないと思います」

「任意で連行された瞬間は速報で伝えられるだろ」

また辻本が熱くなってきた。

「家の前で張り込みをしているカメラマンから入ってきますから、私は速報で出遅れることはないと考えています」

蛯原を困らせないようにできるだけ穏やかに答えた。

信楽に言われた時も、「記者は行きませんが、カメラは家の前で張り込んでいます。社会部が写真部に命令するわけにはいかないので」と断りを入れている。

「それでも逮捕前の様子を知っていれば、逮捕後の記事の厚みが違うだろ。きみは調査報道班なんだから、ディテールの大切さは分かってるだろう」

どうにかして瑠璃を亜理宅に行かせようと辻本は論点を変えてきた。

そこで中野が援護してくれた。

「辻本さんが言っていることももっともです。ですが柿沢と亜理が再会したのは一年半前ではなく、七年以上も前のこと、そして小深田隼人を含めた三人と同棲生活をしていたという一課も知らなかった情報を持ってきたのは、向田さんのいる調査報道班です。彼女の意見を尊重しましょうよ。一課も向田さんが捜査に協力したことは分かっているだろうし」

ってる」

「信楽ってそんなタマか、マスコミには非協力的だという噂だぞ。警察官はみんな言ってる」

ヤマが大きく動いた時に信楽が教えてくれる自信はない。情報提供した借りは、捜査過程を教えてもらったことで返してもらった。それでも信楽を信じたい。

「中野がそう言ってるんだ。辻本が警視庁キャップとしての使命感を持って仕事をしているのは分かるが、ここは一課担当を信用しようじゃないか」

嗜めるような言い方で蛯原部長が辻本を納得させる。

部長から言われると、辻本もこれ以上、言い張ることはできなかった。

それでも不満は残っていて、蛯原が部屋を出てから「まったくどいつもこいつも藤瀬に感化されやがって」と、部下が自分に反旗を翻した原因を、辻本となにかと対立していた藤瀬のせいにした。

一課担当になってからというもの、つねに藤瀬ならこう言う時にどうするかを考えて取材している。

特ダネを書くことだけでなく、今後も中央新聞の記者が信楽との信頼関係を維持できるよう、後輩たちに繋いでいくことを藤瀬は第一に考えるはずだ。

辻本が言ったように、メディアには非協力的だった信楽が、中央新聞に心を開いてくれるのは藤瀬のおかげだ。藤瀬が通したパイプを自分が壊してはいけない。たとえ臨時の捜査一課担当であっても、そのことは肝に銘じている。

「そういうことなんで、向田さんは明日からも信楽のもとに行ってくれるか。他社は向田さんの取材現場にはいないんだよな」

　中野から確認される。

「はい、家の前や駅には張り込んでいると思いますが、ぶら下がり取材ができているのは私だけです」

　最初の頃は駅まで同行できた。今は、他の記者に見られないよう、コンビニの前で立ち話をするだけにしている。

「それなら前日の捜査状況くらいは聞けるな」

　中野も辻本に反論した手前、他紙全社が書いて、中央新聞だけは落とすという特オチは避けたいと考えている。

　一度は嘘をついた柿沢だが、次に遺棄現場を自供した時は事実である可能性は高い。穴掘り事件は一発目を食らうと自供→遺体発見→逮捕状請求と三発やられる。そのことは藤瀬からも注意するよう言われている。

「会った時は必ず、小深田亜理を呼ぶかどうかは確認するようにします」

　その時に別室に記者が入ってきた。

「大変です、小深田亜理宅に警察がきて、彼女を車に乗せて連行したそうです」

「本当ですか」

　最初に瑠璃が声をあげた。

「それって任意聴取か？　逮捕じゃないよな」と辻本。

中野の携帯が鳴った。警視庁に待機している小幡からだった。

「そうか、ちょっと待ってくれ」

中野はスマホを口から離す。

「広報担当の管理官が言うには、取調べではない。マスコミが殺到するので避難させる意味だと説明したそうです」中野が返す。

「警護ってことか。小深田亜理本人の要請か？」

中野は再びスマホに話しかけようとしたが、辻本の声は小幡にも届いていて、すぐに返答があった。

「その件については問い質したのですが、管理官からは答えられないと言われたと」

「ほらみろ、ていのいい取調べじゃないか。メディアに追われているからって容疑者を警察が警護するなんて、長いこと警視庁取材をしてるが、俺は聞いたことがない」

辻本は瑠璃の顔を見て物知り顔をする。

今朝、信楽のもとに行けなかったのが裏目に出た。

それよりも小深田亜理は子供殺しに加担していないと話したのは正しかったのか。意地になって辻本に反発したが、間違った先入観で取材を進めているのではないか。

警護なのか任意聴取なのか判別できないが、どこにも抜かれなくて良かった。

今朝の朝刊で抜かれていたら、自分の味方になってくれている蛯原や中野にも迷惑がかかっていた。

そう思うと交感神経が緊張し、半袖から出た腕に鳥肌が立った。

19

小深田亜理をホテルに移動させるため、洸は新宿署刑事課の唯一の女性刑事、中山麻美とあきる野市に向かった。

ホテルに移るのは、警察の求めではない。近隣住民からの要請があったからだ。

亜理の自宅の左隣は空き地で右隣は森になっているが、付近一帯にはマスコミの車両が多数無断駐車されている。

飛翔ちゃんが行方不明になった時は地元の消防団なども捜索に参加、ポスター配りにも協力するなど同情的だった近隣住民も、週刊誌に共犯の疑いがあると出たり、殺気立ったメディアに外出のたびにインタビューを求められたりして嫌気がさしたようだ。町内会長が管轄の福生署に相談した。

福生署の署長から泉に連絡があった。避難させれば、マスコミの目を気にすることなく亜理と接触できる。さりとて捜査チームがもろ手を挙げて賛成したわけではない。

それは平屋建ての自宅からホテルに移すこと、そのホテルもマスコミに宿泊されないように、十階の特別室を用意せざるをえなかったことで、亜理が万が一飛び降り自殺したら責任問題になる、そうした懸念があったからだ。

泉はとくにその心配をしていた。だが「自殺するとしたら家でも同じだよ」と言った信楽が、「女性刑事をつけて、親身になって相談に乗りながら、様子を窺うしかないんじゃないかな」と捜査一課長に直接連絡し、ホテルへの移動を決めたのだった。

電話を受けた亜理も精神的に参っていたのか、警察の要請に従い移動を了解した。

亜理宅に到着すると、マスコミがイナゴの大群のように集まってきた。洸はミニバンを出なかったが、迎えにいった中山とともに、亜理が洋服や生活用品を詰めたスーツケースを持って玄関から出てくると、マスコミは「飛翔ちゃんが殺されたことについて話してください」「柿沢孝洋とは不倫関係だったのですか」と容赦ない質問を浴びせ、コロナ禍とは思えないほど密ができた。

二人が後部座席に乗るとスライドドアを閉めた。窓越しから洸にもマイクが向けられ、「取調べですか、それとも任意ですか」と質問が飛んだが、洸は振り向きもせず車を発進させた。

マスコミはすぐさま追いかけてきたが、複数の車を用意してくれた福生署の車両が彼らの進路の邪魔をし、尾行は止んだ。

取調べではないから、余計な話はするなよと信楽に言われた洸は、車を運転しながら、何度かバックミラーで亜理の顔を眺めただけで、一切、話しかけていない。

「こんなにたくさんのマスコミが来て、気が滅入ってしまいますよね。お気持ちはお察しします」

隣に座った中山刑事が優しく話しかける。

マスクをして露出している部分が少ないが、それでも亜理の表情からは憔悴しているのが分かった。

ホテルの宿泊費は一課の捜査費から捻出する。長くても過剰防衛で柿沢孝洋を起訴する残りの五日間だ。その時までに柿沢から遺棄現場を聞き出せなければ、柿沢に殺人罪は適用できず、亜理も自宅に帰すしかない。

ホテルの前で亜理と中山刑事を降ろした。ちょうどランチタイムとあって、行き来する人が多いが、見渡した限り周囲にマスコミらしき人間はいなかった。

「それでは中山さん、あとはよろしくお願いします」

「運転お疲れさまでした」

中山が頭を下げると、亜理も黙礼し、中山に続いてフロントに入っていく。

なんとか無事、亜理を避難させることはできた。

午後五時になって信楽に呼ばれた。

「小深田亜理の夕食の準備、森内も、中山さんと一緒に配膳係をやってくれるか。新宿署の別の課の女性捜査員も考えたんだけど、違う者が行くより、すでに顔を見た刑事が行く方が彼女も安心するだろうから」

「分かりました」

新宿署を出た洸は、隣の部屋に宿泊することになっている中山とともに食事を運んだ。

事前にメニューの選択を聞いた中山に、亜理はなんでもいいですと答えたという。中山はホテルに頼んで、かきたまうどんとポテトサラダ、プリンといった食べやすくて消化のいいものを用意した。このあたりは女性ならではの気配りだ。自分なら同じ和食でも刺身とか生ものを選んでいただろう。

ワゴンを押して部屋に入り、テーブルクロスを敷いて、ワゴンからテーブルに料理を並べていく。時折、表情を窺った。

マスクを外した亜理は、黒ずむほど頬がこけて、透明感のある肌だと感じた前回とは別人のようだった。体重もずいぶん減ったのではないか。

いつも以上に陰を感じる。それが薄幸な雰囲気のせいなのか、それともなにか隠し事をしているせいなのか、それともマスコミにこのホテルを見つけられる恐怖から来ているのかは想像がつかない。

これまで薄幸に感じる女性に対し、男に流され、男に尽くして騙(だま)されるなど、いわゆるダメンズウォーカーと呼ばれるタイプを重ね合わせていたが、彼女からはそうした弱さは感じられない。

むしろ芯(しん)の強い女性だ。

そんな女性が援助交際などするだろうか。そうなると柿沢の言いなりになっていたという小深田隼人の説も捨て切れない。

「大丈夫ですよ、亜理さん、さっき私が買い出しに行ったのですが、マスコミらしき人間は一人も見ませんでしたから」

亜理と同年代の中山が、そう説明して安心させる。

「狭い部屋で申し訳ないですが、もうしばらくすればマスコミもご自宅の前からいなくなると思いますので。必要なものがあったら、私になんなりと言ってください」

中山の思いやりのある言葉が伝わったのか、車中ではひと言も発しなかった亜理が口を開いた。

「いいえ、ご近所の方にはご迷惑をおかけしていましたので、私としてもこうして環境を変えていただき感謝しています」

思いのほか好意的に受け取っていることに、溜飲（りゅういん）が下がる。

「取調べもされるのですね」

急に亜理から言われ、中山は返事に窮する。

中山が洸を見たため、答えることにした。

「基本的にはマスコミを遠ざけるために移っていただいただけですので、そうしたことはしません」

「基本的にはということは、することもあるのですね」

自分でも失言だったと臍（ほぞ）を噛（か）む。ここでしないと約束するわけにはいかない。

「そうなった時にはご協力いただければ」

必死に考えて言葉を選んだ。

「刑事さんも私が柿沢孝洋と一緒になって、飛翔を殺したと、思ってらっしゃるんですよね」

目に不信感が滲(にじ)んでいる。

「そのことも必要があれば聞かせてください」

言葉を濁したが、もう少し深く突っ込んでも大丈夫な気がして、思いついたことを伝えた。

「そう言えば佐々木直さんと片山元気さんも亜理さんのことを心配されていましたよ」

二人の名前を出すということは、柿沢孝洋との再会が一年半前ではなく七年以上前だった事実を警察は摑(つか)んでいると、知らせることになる。

実話ボンバーには柿沢との出会いだけでなく、他に三人の男と同時進行していたと出ているのだ。これくらいは問題ないだろう。

「いろんな方にご心配をかけてしまっています」

言ったのはそれだけだった。

この場で四人の男とどのような関係だったのか、なぜ柿沢と会ったのは一年半前だと嘘をついたのか質問したいが、そうなると舌の根の乾かぬうちに約束を反故(ほご)にしたことになるのでできない。

佐々木直と片山元気の名前を出したことでなにか話し出すのではないか。しばらく待ったが、亜理の表情に変化もなく、言葉は出てこなかった。

この女性もまた、柿沢と同じで感情が見えない。

そして柿沢同様、意図してなにかを隠しているように感じた。


翌朝、配膳係が終わると、信楽に会いに警視庁に向かった。

信楽がなぜ新宿署で柿沢の取調べをせずに本庁に戻っているのか、そのことが気になったからだ。

捜査一課の大部屋の奥で、炭酸水のペットボトルを脇に置いた黒シャツが見えた。電話をかけていた。

「そうか、ありがとう、そこまでしてくれて助かったよ」

電話を切った信楽は、声をかけたわけでもないのに背後の洸に気づいた。

「どうだった、森内、今朝の小深田亜理の様子は」

信楽とは昨日の夜から会っていないので、一から報告した。

「不当に監禁されているなどと抗議されたらどうしようか心配しましたが、近所迷惑になっているから部屋を用意してくれて感謝していると言ってくれました」

時の人である小深田亜理は、警察が保護しなければ家を出ることはできなかった。仮に記者の包囲網をかいくぐって抜け出したとしても、すぐに捜し出されただろう。

実話ボンバーが掲載した写真には目線が入っていたが、一般人が外出した亜理を撮影し投稿した写真が拡散している。SNSの現代では一億総メディア、総監視状態だ。

「彼女は自分も取調べを受けることを心配していました。僕からはそうなった時にはご協力いただければと言いました。まずかったですかね」

「それくらいは仕方がないよ。いずれは聞かざるを得ないだろうし」

このまま一切、亜理に聞かないままで終わるとは洸も予想していない。

「今のところ、どのマスコミからも居場所を嗅ぎつけられていないことで一安心です」

「マスコミもエゲつないよな。今や同級生の不倫相手と共謀して、子供を殺した鬼母扱いだ」

「亜理も逮捕されると決めつけているみたいですね。だから何を書いても訴えられないと高を括っているんでしょう」

とくに雑誌がひどい。しかし記者クラブに加盟していない週刊誌に、警察があれこれ注文をつけることはできない。

「だからこの捜査はメディアに書かせたらいけないんだよ。遺体も出てきてないのに書いて」

信楽の非難の矛先は週刊誌より、最初に殺害自供と遺棄現場を特定した東洋新聞に向いていた。東洋新聞が書かなければすべて極秘に捜査できた。柿沢孝洋を過剰防衛の被疑者のまま勾留延長し、小深田亜理のもとにマスコミが訪れることはなかった。

「まったく軽率な男だよ」

非難したのは新聞ではなかった。信楽は捜査一課内にある一番、上等な個室に義憤の目を向ける。

捜査一課長だ。一課長が東洋新聞に情報を流したことがこの捜査の歯車を狂わせた。

「部屋長はなにを調べられているんですか」

「ん？」

信楽は目を寄せた。惚けているのだと思った。

「部屋長は、以前、二係捜査は短期勝負だと言いました。それは別件逮捕で取調べ時間が限られているからですよね。ですが今回は新宿署で、泉課長がいくらでも時間をくれています。もしや柿沢を焦らしているのですか」

安心させておいて最後に畳みかけるという戦法が浮かんだ。だが残り時間は四日しかない。タイムリミットは刻一刻と近づいている。

「焦らしているわけではないよ。俺は壁に突き当たると、一からやり直さないと気が済まないタイプなんだよ」

「一からとはどういう意味ですか」

「数学とかのテストで、最後まで解き終えると見直すじゃないか。普通は計算間違いがないかを確認すればいいんだろうけど、俺は毎回、これは最初の計算からして違うんじゃないかと疑ってかかって、はじめからやり直すんだ。おかげで毎回時間切れで、数学だけでなく、国語でも英語でも赤点すれすれだった」

信楽は高卒で警察官になった。学校の成績は分からないが、頭は切れる。

「一からってどこから調べ直しているんですか」

「ん？」

また目を寄せた。今度は惚けることなくすぐに答えた。

「大阪時代だよ」

「柿沢と小深田亜理が知り合った頃ですか」

「そうだな」

「部屋長はどうして大阪時代にこだわるんですか」

「森内は気にならないか」

一方的に話すのではなく、信楽は時折、こうして質問を投げかけてくる。サッカーに喩(たと)えるなら、長いドリブルからノールックでパスが来る。パスを返してシュートを打つのかと思ったらまたパスが来る。だから気が抜けない。

こうしたやりとりをする時は、洸の意見を聞くことで、自分の考えが正しいのか、確認している場合が多い。

「気になっていますが、根拠と言えるものはありません。だけど柿沢と亜理の関係は東京に出て、小深田隼人たちと知り合ったより前のような気がするんです」

「俺の考えも同じだよ、二人には深いつながりがある。だから柿沢は亜理を庇(かば)っているんだよ」

「それだと亜理の犯行を、柿沢が罪を被っているという意味になりますが」

「そこまではどうかな。だけどどうして柿沢が一度、自分がやったと自供したか、あの場面を森内は覚えているか」

熊野が、子供の病気を理由に会えないと断られたのが殺害の動機だと問い詰めた。マジックミラーの窓から見ていた信楽が「まずいな」と呟き、「止めてきます」と泉が部屋を出ようとしたところで、柿沢が自供した。

それだけだったか？　確かに呆気に取られるほどあっさりだった記憶はある。その前になにかがあった。記憶が巻き戻され、思わず「あっ」と声を出した。

「思い出したか、森内」

「はい、熊野さんが、小深田亜理をここに呼ぶ、と言ったんでしたね」

信楽は見逃していなかったのだ。

「よく覚えていたな」

やはりそうだった。

「あの言葉に部屋長は疑問を覚えたんですか」

だとしたらすごい観察力だ。いや記憶が簡単に上書きされない能力と言った方がいいかもしれない。その後に殺害を認めたことで、よほど優秀な刑事でも気持ちが高揚して、それまでの過程はすべて吹っ飛んでしまう。洸も今の今まで、自供した記憶に埋められていた。

「俺も後になってからだよ。遺棄場所の嘘をついたのはどうしても殺人を発覚させたくなかったとしても、それならどうして殺したなんて自供したんだろうって考えたんだ。そしたら熊野刑事の言葉が記憶に戻った」

「熊野さんが亜理を呼ぶと言ったから、動転した柿沢が思いもよらずに自供したと考えたわけですね」

信楽は首肯した。そう考えると信楽が言った言葉も理解できる。「それで部屋長は、最後は柿沢の良心に問いかけるしかないって言ったんですね。柿沢の良心、イコールそれは亜理を守る気持ちだと」

「さすが森内だな」

褒められたが、単に信楽の脳内が読めたに過ぎない。同じ取調べのシーンを目撃していたのに、信楽にヒントをもらうまでは柿沢が自供する前のやりとりが、頭の中からすっぽり抜け落ちていた。自供を重視する二係捜査の担当刑事としてはまだまだ半人前だ。

「大阪と言うと、どこから調べているんですか、柿沢が小学六年で転校してきた時ですか」

「その時はある程度、調べがついた。母子家庭だった亜理は生活保護を受けるほど貧困だったが、彼女には幸いにも友達はいた。一方転校してきたばかりの柿沢はいつも一人だった」

「それならいつのことを調べているんですか」

「亜理が中二で逸島姓になってからだよ。そのことで森内は気になることはないか？」

　また質問をされた。すぐに一人浮かぶ。

「破産して母親と別れた金融業の継父のことですか？」

「元継父の居場所が分かったんだ。和歌山にいた」

「生きていたんですか」

「借金取りから逃げ回りながら、生き延びたみたいだな。三年前の交通事故で車椅子生活になったことで、今は施設で面倒を見てもらえている」

「今の電話は、その元継父に関係しているんですか」

「大阪府警の警務部長が、警察庁出身なんだけど、彼は以前、この一課にいたんだ」

「二係捜査をやったってことですか」

「キャリアがこんな地味で結果の出ない仕事はしないよ。彼らにとっては、なんの功績にもならないじゃないか」

　国家試験の総合職、いわゆる官僚である警察庁の人間は、若い時分から各警察署に行き、捜査を学ぶ。若くして課長、署長などで管理者としての実績を積み、やがて警察庁に戻っての出世争いに臨む。

　捜査一課や二課、組織犯罪対策課に拝命されてハードワークもこなすが、大きな事件を解決し、次の異動先に花を添えて移れる仕事が与えられる。事件の解決件数が少ない二係捜査は無駄ばかりで、実績を得られない。

「それでも、彼は増永（ますなが）というんだけど、情熱を持った男で、俺の捜査についてよく質問してきたよ」

「二係捜査の理解者だったんですね」

「他県の捜査本部に異動してからも、うちも警視庁に倣ってやるべきですよと言ってくれたらしい。実際はとても予算を割けないって、どこからも断られたみたいだけど」

「その人が大阪府警を動かしてくれたんですか」

「捜査員を出してくれた」

「それで亜理の継父は、当時の話をなんて答えたんですか」

柿沢孝洋と亜理との深いつながりが明らかになるのではと期待する。

「残念ながら認知症が進んでいて、意味はなかった。亜理の名前を出すと反応はするけど、まともな会話は成立しなかった」

「それは残念でしたね」

「だけど家族は継父だけではないよな」

信楽が語尾をやや上げた。これも洸への確認だ。亜理はいっとき四人家族になった。

「義兄もいましたね」

「そうだ。義兄は二年前まで北新地（きたしんち）でバーを経営していたが、つぶれたそうだ」

「また破産ですか。継父や母親と同じですね」

「それだけではないよ。亜理の実父も事業に失敗して自殺してるんだから」

そうした不遇ばかりに出会う人間もいる。小深田亜理はまるで自分が不幸を招いていると苦しんでいるのではないか。

「義理の兄貴については増永の調べで少しずつ分かってきた。義兄に対して亜理はあまりいい覚えはないはずだと中学や高校の友人は言ってるそうだよ。兄妹といっても血は繋がっていない思春期の男女だからな。亜理にとってあまり居心地のいい家ではなかったんじゃないか」

その時、小深田亜理が哀愁を漂よわせながら発した声を思い出した。

それは「あの日かて」とそれまでとは違ったイントネーションで言った亜理に、洸がどうして関西弁が出ないのかと質問した時だ。

記憶を手繰り寄せる。

「部屋長、亜理はこう言っていましたよ。私、大阪にあまりいい思い出がないんです、と」

「やっぱり、そうか」

「やっぱりって、どういうことですか、部屋長」

「ゴーストだよ、ゴーストが現れたのは大阪にいた時からだったんだよ。その時からゴーストは亜理のそばから離れなかったんだよ」

20

留置場の無機質な壁を眺めながら、柿沢孝洋は後悔の念に苛まれていた。

この日、取調べを受けた阿部という刑事から、ここ数日の亜理についての経緯を聞かされたからだ。

いくら拭いても額の汗が止まらない。週刊誌が中学の同級生である亜理と孝洋が不倫関係で、共謀して飛翔を殺した疑いがあると書いた。その記事によってマスコミが騒ぎ出した……。

なんの証拠もなく、亜理を苦しめる記事を書いた週刊誌は許せない。ただ元をただせば、すべての原因は孝洋にある。

マスコミの数は当初の何倍にも増え、近隣住人からクレームが出た。そのため昨日から保護する理由で、亜理は警察が用意したホテルに移ったらしい。

刑事からそう聞いた孝洋は、保護といっても警察の目的は別のところにあるのではないかと勘繰った。数日ぶりに声を出し、刑事の説明を遮った。

——亜理さんを取調べることはやめてください。彼女が自分の子供を殺すわけがないじゃないですか。あんなに大切に育てていたんですから。

佐々木直や片山元気の名前を聞き、亜理との再会が七年以上前であったこと、小深田隼人を含めた三人を亜理と一晩過ごす相手として面接したことを問われた時でも、心を乱すことはなかった。だが自分と同じように取調室に入れられる亜理の姿を想像すると、胸がつぶれそうになる。

どうして最初から黙り通せなかったのか。殺したなどと自供しなければ、亜理は普通の生活を続けられたのに。あの時、刑事が亜理をここに呼んで調べると言ったことで、恐怖に体を震わせた亜理の姿が頭の中に溢(あふ)れ返り、気づいた時には自供していた。

言ってから、遺棄した現場はけっして言うまいと心に決めたが、刑事の誘導尋問に嘘の場所を認めたことも騒動を大きくした。

自分は好きな女性も守れないどうしようもなく弱い人間だ。守るどころか幾度となく亜理を裏切った。無理やり関係を迫ったこともそうだし、最後は嫉妬(しっと)から傷つけた。母親が死んだことまで無断で調べたのだから。

亜理は怒ったが、それよりも信じていた孝洋に裏切られたことに落胆していた。涙は見せなかったが、心では泣いているのが感じ取れた。

二度と会うことはないと分かっていたが、それでも頭から消し去るのは容易ではなかった。

テレビドラマや小説の女性登場人物が誰にも知られたくない過去があったり、暗い影にまとわりつかれたりするシーンに遭遇するたびに、亜理と重なり、彼女の不安げな声が耳奥で去来した。

少しずつでも忘れていくためには、仕事に打ち込むしか方法はなかった。

美織の義父のクリニックに入り、毎朝七時には出勤して入院患者の容態を確認、診察や検査を終えて、カルテに打ち込んでいく。それが終わるとたくさんの論文や名医たちの手術記録にも目を通した。帰宅するのは大概、日を跨いだ。

腹腔鏡手術もずいぶん経験した。孝洋が任されるのは、日帰りで退院できるような簡単なもののみだが、失敗した死亡事例は全国にあるので油断はできない。

自信があった腹腔鏡も、総合病院での研修を疎かにしていたせいで、最初のうちは腕が鈍った。

手がついて行かない分、指先まで神経を張り巡らせ、ミスをしないように心がけた。基本に返って執刀していくうちに、思い出したかのように手が追いついてくるようになった。

大学病院の医師が執刀する手術でも、院長である義父に頼み、助手としてオペ室に入れてもらった。

目で見るだけでなく、執刀医が考えていることを先回りして準備しておけば、オペは潤滑に短時間で終了する。術後に執刀医の教授に気になったことを質問攻めするうちに評価されるようになり、前立ち（第一助手）として使ってもらえるようになった。

助手の費用が必要なくなったことに、義父も喜んでくれた。

ただ唯一の休日である日曜日になにもしないでいると、また息苦しくなって、良からぬことに誘起されそうになる。

そのためできる限りの学会に出席し、論文を提出して専門医の資格を得た。

後期研修を終えて一人前の医師になってからは、知り合った医師が、日曜日に東北の過疎地の病院に出向いていると知り、連れていってほしいと懇願した。

出張医といっても孝洋が診られるのは風邪や高血圧など持病持ちの人に薬を処方する程度だが、地元の人からは喜んでもらえた。

必死にやったことが医師の間にも知れ渡り、人脈は広がった。内向的な性格は相変わらずだったが、医師に誘われた飲み会にも参加した。優秀な医師たちは、プライベートの席でもどれだけ真摯に医療に向き合っているかが伝わってくる。かつての孝洋のように優等生扱いされることから逃げず、周囲の評価を堂々と受けて立つエリート医師たちが輝いて見えた。

近本アーバンクリニックの医師としても、他の勤務医や看護師、医療事務員から信頼を得るようになった。彼らは孝洋が将来、クリニックを継ぐと思っていたようだが、身勝手さで美織との夫婦関係を破綻させた孝洋に、そこまでの厚かましさはなかった。

目撃した美織と和菓子店の跡取りとの交際は続いていた。どうやらその跡取りも妻子持ちで、男の家庭も壊れているようだった。

美織は彼氏と外泊や旅行を重ねていたが、孝洋は関心のない振りをした。

たくさんの人に迷惑をかけ、支えられながらも、日夜、医療に向き合い、研鑽を積んだおかげで、孝洋にようやく目指す医師像が見えてきたのは、二〇一八年の後半になってからだ。日曜日に出張している過疎地に、小さな診療所を開きたいと考え始めた。

　地方によっては行政が開業支援金を出してくれる。それでも自己資金はあった方がいいと、あと半年はクリニックに世話になろうと決めた。迷惑をかけたのだから、少しでも長く働き、義父やスタッフに恩返しする。そして美織には頭を下げて別れようと。

　その年のおおみそか、クリニックは冬季休診に入っていたが、入院患者はいたため、夕方から麻布十番に向かった。

　美織はカウントダウンパーティーに行くのか、夕方には真っ赤なコートを羽織って出かけていった。

　入院患者の容態を確認し、その後、執刀医が残した術後記録を読み返していると、深夜零時になった。麻布山善福寺（ぜんぷくじ）の除夜の鐘が窓から聞こえ、眉（まゆ）尻を引き締める。

　夕食を食べていなかったため、来る途中に立ち寄ったコンビニで買ったおにぎりの包みを開いた。そこでメールの着信に気づいた。

　覗（のぞ）くと《明けましておめでとう》とタイトルが振ってある。登録していないアドレスだった。

《孝洋　お元気ですか。孝洋のことだから今もたくさんの患者さんから慕われているんだろうね。今も奥さんのクリニックで働いてるのかな。それとも大きな病院に移ったのかもしれないね。私たちが病気になってもお医者さんが助けてくれるけど、孝洋が病気

になったら困る人がいっぱいいるだろうから。今年はとくに寒くなるようなので、ご自愛ください。亜理》

読み終えた時には勝手に指が動いていた。

《メールありがとう、お久しぶりです。お元気ですか。今も義父のクリニックで働いてるよ。年が明けたというのに、こんな時間にまだ病院にいるんだよ……》

亜理からはすぐに返事が来て、それからしばらくお互いの近況を話した。

孝洋も日曜には東北の病院にボランティアで参加するほど、ようやく医師の仕事の喜びに目覚めたこと、たくさんの症例を見ることで原因が分からない時も落ち着いて考えられるようになったこと、少しずつ一人前に近づいていると実感できていることなど、思うままに綴(つづ)った。

亜理からは小深田隼人と結婚したことが伝えられた。

驚いたが、特段落ち込みはしなかった。

隼人が起業して、もうすぐ上場すると書いてあったことも安心に繋(つな)がった。

亜理のアパートに週二、週三と通っていた頃から、隼人は今の会社をやめて、いずれ会社を立ち上げたいと話していた。彼は経営者になる夢を叶(かな)えたのだ。

図々(ずうずう)しくて調子のいい一面はあったが、亜理は三人の中でも隼人を一角(ひとかど)の男と見抜いていたのだろう。笑った時に三日月になる目と、孝洋が大好きだった片えくぼが浮かぶ。

何よりも一番の驚きは、亜理に子供が生まれたことだ。

三歳になる男の子で、去年一年で三回もディズニーランドに遊びに行ったなど、一般的な幸せ家族の姿が書かれている。

「飛翔」という名前を聞いて、《それって隼人くんの名前から、派生したんだね》と返すと《さすが孝洋、鋭い！》と昔と同じように褒められた。

その日からほぼ毎日のようにメールが届いた。

すっかり亜理からのメールを楽しみに待つようになっていた。それでも会いたいとは言わなかったのは、医師として一人前になるためには二度と浮ついた気持ちになってはいけない、それ以上に亜理を傷つけた自分が会いたいなどと口にしてはだめだ、心の医者は孝洋ではなく、最後まで亜理のそばにいた隼人だったのだから、そう思ったからだ。毎日のようにメールが届くことに、これは亜理からではない、誰かが成りすましているのかもと疑ったこともある。

そうした心配は杞憂に過ぎず、送信主は間違いなく亜理だった。

最初の面接で、小深田隼人はコーラを二杯もおかわりしたのに孝洋はコーヒーに口もつけられなかったこと、映画のリトル・ダンサーでお父さんの前で踊るシーンを亜理が「私にもビリーほどの強い気持ちがあったらなって、いつも思ってしまうのよね」と呟いたこと、さらに上場間近だというのに亜理はまだ隼人が独立したことを憂慮していて、「私としては会社にいてほしかった」と書いてあった本音も、二人しか知らない内容だった。

――うち、サラリーマンのお父さんがええのに。

あの夜の亜理の心寂しげな声を、孝洋は忘れたことはない。

亜理からは《孝洋のことが気になっていた》《孝洋が心配してると思ってたからずっと伝えたかった》と書いてきたが、こうしてメールをしているのを隼人は知っているのか。

そうした疑問にも亜理は、嫌がることなく答えてくれた。

《隼人くんは上場の準備でいろいろ忙しいんだよ。家に帰ってきても飛翔の夜泣きでぐっすり眠れないから、ホテルに泊まることも多くて。今日もさっき、今晩は帰らないとメールが来た》

心配して尋ねた時は必ず次のメールで亜理はこう付け加えた。

《孝洋はどんな時も私のことを考えてくれるんだね。さすが心のお医者さんだ》

懐かしい声になって聞こえた。

だが、幸福感を伝えながらも、毎日のようにメールが届くことに、ある時から不安が生じ始め、その心のざらつきは日ごとに強まっていった。

そうして不安を覚えた時は必ず、《大丈夫か、亜理、なにか心配事があったら言ってこいよ》とメールを送った。

ほとんどは時間を置かずに《全然大丈夫だよ、孝洋こそどうしたの？》となにを心配しているのかといった返信が届く。

亜理のアパートのドアを何度も叩いては揺らし、窓の外から作業用ライトを当てたゴーストが頭を過った。

その時は少し間があったが、《ゴーストなんていつの話をしてるの？　忘れてたよ、ハハ》というあっけらかんとした返事を読み、人心地がついた。

それが、一月中旬、亜理からのメールがいつまでも届かないのかなと思った。年明けから

小深田隼人がホテルから帰ってきて、メールができない夜があった。

メールのやり取りを初めて以降、どんなに忙しくても、一通は来た。気になって孝洋から連絡したが返信はない。

冬の長い夜にメールを待ちながら、悲しみの色に暮れた亜理の顔を思い出す。

大丈夫だ、亜理はもう結婚して、子供がいて、幸せな家庭を築いている。

かぶりを振って嫌な予感を打ち消したが、完全に拭うことはできなかった。

自分にも勇気があればと、亜理はよく言っていた。実際の亜理は、孝洋を助けてくれたほど勇敢で、臆病者だったのは孝洋だったのに……。彼女の言う勇気とは、いったいなにを意味していたのか。

心配したところで、自分はなにもできない。今住んでいる家も知らなければ、隼人の会社名も聞いていない。知っているのはメールアドレスだけで、電話番号も知らないのだ。

何通もメールを送ったが、その晩は結局返信がなかった。
翌日、診察の合間にスマホを確認するが、受信ボックスは空のままだった。
荒波で岩が削られていくように、心が不安で侵食されていく。
まさか――。
ふと思い立って、スマホをいじった。
昔よく見たサイトは現存していた。
掲示板には当時と変わらない、似た誘い文句が並んでいる。
さらに次のページを開く。
その中に一つだけ、悪目立ちする書き込みに、手が止まった。
《イツシマアリ、イツデモアリ》
スマホを握ったまま、孝洋の体はがくがくと震えた。

21

洸はあくる朝も、朝食の準備をするために新宿のホテルに行った。

歩いていける距離なのに新宿駅からタクシーを使ったのは尾行されていないか確認するためだ。

一つ手前の交差点で降りた。不自然にならないように周囲を見渡すが、記者が張っている気配は感じられなかった。

「わざわざすみません」

亜理は今朝も丁寧に礼を言う。パンとハムエッグとフルーツ、それとコーヒーをテーブルに並べると、中山と一緒に部屋を出る。亜理が食事中は洸だけホテルから出て、中山の朝食をコンビニで買って戻った。

「時間ですね。中山さん、行きましょうか」

「はい、そうしましょう」

配膳を終えてから三十分後、片づけをするため、再び亜理の部屋に入る。

「すみません、最初に取調べはないと言ったのですが、少しだけお話を聞かせていただけませんか」

すべての皿をワゴンに載せてから洸は切り出した。

マスコミから離れて、少しは眠れているのか、顔色はいくらか戻った。それでも完全には不安は消えていない。

「はい、一人でいても、とくになにもすることもありませんので」

亜理は食事中には外していたマスクをつけた。

ドアの外に置いておいた椅子を運び、ベッドのふちに腰かけていた亜理から二メートルほど距離を置いて着席する。さりげなく左手に握るスマホに視線を落とした。午前九時、予定通りだ。

「大阪時代のことを聞かせていただけますか。柿沢孝洋とは小中学校ご一緒だったんですよね」

「そのことは……」

亜理が言いかけたので、「すみません、前回お宅にお邪魔した時に聞いていますね」と洸が彼女の言おうとしたことを引き取った。

「当時の柿沢とは交流がなかったことも聞きました。うちの捜査員が大阪で同級生に聞いて回ったのですが、亜理さんがおっしゃった通り、柿沢は地味で目立たない少年だったようですね。そうなると亜理さんもよく覚えておられないのではないですか」

「いいえ、彼のことは覚えています」

自宅で聴取した時と同じ、「彼」と言った。前回はそれを指摘すると、以後は「あの男」に戻した。

「亜理さんからはどういう生徒に見えました」

「前にも言いましたが、勉強ができ、将来の夢を持っていました」

ガリ勉とは聞いたが、夢については初耳だ。

「将来の夢とは、医者になるということですか」

「そうです」

「柿沢から医者になりたいと聞いたということですか。それはどういったタイミングで聞かれたのですか」

柿沢は、亜理とはほとんど会話を交わしたこともないと供述している。

「それは……」

亜理は言い淀んだ。

「作文を書かされたとか？」

「そうではありません。彼が医者になりたいというより、両親から医者になれと言われている。最初は嫌だったけど、今はやってみたいと思うようになったと聞きました」

「そんなに詳しくですか。それって柿沢本人からですよね」

「………」

沈黙された。

「なぜ、柿沢の夢を知ったのですか」

「よく覚えていませんが、彼が友人に話しているのが耳に入ったのかもしれません」

嘘だと思った。大阪府警の捜査員が、柿沢の同級生に聞いて回っているが、誰もが柿沢が医者になったことに驚いていたそうだ。柿沢には友達が一人もいなかったんじゃないか、府警の捜査員がそう言うほど、当時の柿沢は、今とは別人のように、体がぽっちゃりして暗い少年だったという。

「彼は中学校で悪い連中のパシリみたいのをやらされていたと話している同級生がいましたが、亜理さんはご存じでしたか」

「いいえ」

「クラスでいじめの対象になったこともあるとか。といっても無視されるくらいですけど」

「……それは彼がサラリーマンの家の子供だったから」

思わぬ返答に頭が混乱する。

「大概の子供の親はそうじゃないんですか」

亜理と柿沢が通っていた中学校は堺市の繁華街の近くにあったが、だからといって全員が自営というわけではないはずだ。

「すみません、転勤族という意味です」

「柿沢の両親は東京出身、彼も東京生まれで、小学六年生の時に大阪に転校したんでしたね」

大阪にいたのは三年余。生まれは東京、生後半年で名古屋に移って幼稚園、小学校に入学、東京に戻って小学二年生から五年生までを、遺体を埋めたと嘘をついた大井埠頭の公園付近の社宅で過ごしている。

「転校が多かったことが学校に馴染めなかった理由なのでしょうね。ですが僕は、柿沢が大阪弁を使わなかったからかと思っていました」

表情を窺いながら尋ねる。一瞬だけ目が動いたように見えた。

「喋っていましたよ」

「あまり上手ではなかったんじゃないですか」

「そうかもしれません、にわか、とか言われていましたから」

亜理にしてはテンポよく言葉が返ってくる。

そろそろ本題に入りたい。スマホを確認する。

九時十分。信楽が当て始めている時間だ。

「そうした理由から柿沢は大阪にいい思い出がないのかと思っていました。いえ、大阪にいい思い出がないとおっしゃったのは亜理さんでしたね」

今度は間違いなく反応があった。瞬きをしてから目を伏せる。

「亜理さんが大阪にいい思い出がないと感じている理由を聞かせてもらえませんか」

「それは……うちは本当のお父さんは事業に失敗して死んでいますし、その後は母と公営団地で暮らしました。貧乏だとみんなから陰で笑われたこともあります」

子供は遠慮がないから、彼女もまたいじめられたのだろう。彼女の家庭がまともになったのは、中学に入って亜理の母親がスナック務めを始めたからだ。そこで知り合った消費者金融の社長、逸島信二に見初められ、駅前ビルの最上階に移り住んだ。

「あなたがとても苦労なさったことは、当時のクラスメイトも話していました。あなたには華があったせいで、柿沢のようにクラスで無視されることはなかったとも。寄ってくるのはいい友達ばかりではなく、ヤンキーの男たちからも誘われたそうですね。あなたはそうした誘いを断った。それが立派だったと話す同級生もいましたよ」

「そういうことに興味がなかっただけです」

「中学二年生の時にお母さんが再婚されましたね。そのことはどう思われましたか」

「これで少し生活が楽になると思いました」

「お母さんはスナックで働いていたんですよね」

「たくさんお給料をもらってくるわけではないですし、それに……」

会話が止まる。洸は待つことにした。

「飲んで帰ってくる母を、私は好きではなかったので」

その部分はどうにか聞き取れた程度の声量だった。

「逸島金融の社長である逸島信二さんとお母さんが再婚されて、あなたは幸せになられたということですか」

「それは……」

「違いますよね、むしろそれが大阪にいい思い出がないというところに繋がるんじゃないですか」

彼女の顔にさらにはっきりと反応が出た。洸を見返してくる。この目だ、彼女から強い意思を感じるのは。

「新しいお継父さんもその後、会社が倒産して逃げるように大阪を出ていきます。あなたのお母さんは離婚する前に小さなブティックを開きましたが、そこにも借金取りがやってきた」

連帯保証人にはなっていなかったため、母親の公恵に支払い義務は生じないが、行方不明になった逸島信二の居場所を知っているのではないかと、取り立ては嫌がらせをしてきた。そうした連中が出入りする店には、とりわけ女性客は寄り付かなくなる。

「嫌な思いはたくさんあります。そうした心労がたたって、母は亡くなったようなものですから」

正確には公恵の死因は癌だったが、亜理にしてみたら、苦労がたたって母親は死期を早めたと感じているのだろう。スマホを見る、九時十四分になった。そろそろだ。信楽と打ち合わせた時間が近づく。

「ですがあなたが嫌になったのは、お継父さんのことだけではないですね」

亜理はうつむいていたので、感情の変化をはっきりと窺い知ることはできなかった。

またスマホに目を向けた。デジタル表示が九時十五分に変わった。

「すみません、電話をかける用事を思い出しました」

立って、右手のスマホを左手に持ち替えてタップする。

スマホを耳に当てたまま、うつむき加減の亜理を見入る。ワンコールで信楽は出た。

〈どうした、小深田亜理は吐いたか〉

いつものよく通る声だったが、離れたせいで、亜理には聞こえていない。

新宿署では信楽はスマホをスピーカーにしている。

「はい、これから義理の兄、逸島圭太について尋ねるつもりです」

刹那、彼女が顔を上げた。

見開いた亜理の目を、洸はしっかりと脳裏に写し取った。

22

取調室で柿沢孝洋は自分に言い聞かせていた。

あと三日、それまでの間、黙秘を続ければ、自分は過剰防衛による傷害罪だけで起訴される。

昨日、呼んでもらった国選弁護人と面会した。

孝洋がケガをさせた男はすでに退院した、助けた中年男性が、孝洋が助けてくれなければ自分が病院送りになっていた、孝洋についても、最初は一方的に暴力を振るわれていたと証言してくれたらしい。

弁護士からは起訴されたとしても執行猶予がつくだろうから、刑務所に入ることはないでしょうと言われた。かといって孝洋から、そして亜理の周辺からも警察やマスコミがいなくなることはないと思っている。ようやくあの男が消えたのに、あの男から解放されたのに……。

九時から取調べが始まった。扉が開き、二人の刑事が入ってきた。

一人は阿部、もう一人は初めて見る、阿部より年上の刑事だった。

「捜査一課の信楽です」

落ち着いた声で名乗り、席についた。

「今までこちらもいろいろ早合点して、あなたにご迷惑をかけたようですね」

信楽に謝られ、困惑する。

「どういう意味ですか」

「ゴーストがあなただと疑ったことです。亜理さんを守る役割だった三人の一人から、ゴーストはあなたではないかと聞いた時、我々もあなたが亜理さんを洗脳した。病院を継ぐため近本美織さんと結婚したが、亜理さんを手放したくないものだから、なにもしないと約束させて三人の男性を夜だけの同居人に選んだのだと勘違いしました」

自分ではないことは分かってもらえた。ところが安堵することもなく、次なる恐怖が押し寄せてくる。

「あなたと亜理さんはある意味、一般的な恋人を超えた関係だったというのも、分かってきました」

「超えたとは？」

「あなたが亜理さんから身を引いたことです。あなたは亜理さんに幸せになってほしいと心の底から願っていた。そして小深田隼人さんと結婚したと聞いた時は、彼なら亜理さんを幸せにできると思われたのでしょう。ですが小深田さんの起業に亜理さんは反対した。亜理さんは過去に、家族が二度も事業に失敗していることから、経営者ではなく会社に残ってほしかった、それが夫婦関係が壊れた最初の理由だと、小深田さんは話していました」

　肩透かしを食らったように感じた。会社勤めであることはそれほど重要ではない。亜理の人生を乱した原因を警察は気づいていないのか。速くなっていた動悸が落ち着く。

「ですが小深田さんと亜理さんが別れた本当の理由は違います。小深田さんの浮気です。これを言い分と呼んでいいかわかりませんが、小深田さんは結婚後も何度か、性交渉を亜理さんに拒否された、それが他に女性を作る理由になったようです」

　拒否したと聞いて安堵する。だがそのことに孝洋はまったく関係ない。

　亜理にとって、男に体を許す行為は嫌な記憶を呼び戻すボタン同然だったからだ。だから嫉妬で冷静さを失った孝洋が迫った時も、強い目で拒絶した。

　信楽は用意していたペットボトルを孝洋に勧めた。

「喉が渇いておられるでしょう。どうぞ飲んでください」

　手を出して促されるが、「大丈夫です」と断った。

　信楽は炭酸水らしき気泡のある水を飲んだ。

　早く先に進めてほしい。刑事たちがなにを摑んだのかを知りたい。

　信楽がペットボトルから口を離し、気が抜けないよう、甲に血管を浮かせてキャップを強く捻った。

「そう言えば亜理さんって、二十歳まで大阪で育ったのに、関西弁が出ないんですね。標準語で話されています。うちの刑事が、どうして標準語なのか尋ねたんです。関西出身者でも標準語を使っている方もいますし、珍しいことではないんですけど」

なにか良からぬ方向に話が進んでいるようなひりひりした時間が続く。

「ですが、亜理さんの答えに、彼女の人生の肺腑がそこにあったことに我々は気づきました。そこにあなたが関わっているのかは、私は分かりませんが」

「肺腑とは、なにを指しているのですか」

なかなか核心をつかないことにじれったくなり孝洋から聞き返す。信楽は横目で机に置いたスマホを眺めていた。

時計が九時十四分を表示していた。

「亜理さんは大阪にいい記憶がないと話していました。実父は破産して自殺していますし、次の父親も会社を破産させて、夜逃げしています」

まったく無関係の話をしているようにしか聞こえない。

「またゴーストについて訊いていいですか」

「えっ」

「どうかしましたか」

「いえ、どうぞ」

ゴーストなんていなかった、また言い出すのかと思った。

亜理がどれだけ苦しんでいたか、この刑事はなにも知らないのだろう。

勇気があればと自分を非難していた亜理が、勇気を振り絞って関係を断ち切った。それでもまた来るのではないかと恐怖が消えることがなく、だから孝洋たちにそばにいてほしいと願った。

　あの時に気づいていれば、もっと早く美織と離婚していれば、亜理のそばで警護でも番人でもやった。亜理が不幸になったのは自分のせいなのに……鈍感な自分を呪う。

　静かな部屋に着信音が響き、孝洋は身をびくつかせた。

　テーブルに置いた信楽のスマホだった。

　信楽は手に取ることなく、通話ボタンを指でタップし、スピーカー状態で話しかける。

「どうした、小深田亜理は吐いたか」

　亜理が吐いた？　亜理も取調べを受けているのか。ホテルに避難させたというのは嘘だったのか。

〈はい、これから義理の兄、逸島圭太について尋ねるつもりです〉

　聞こえてきた言葉に全身の血が引いていった。警察は亜理の前に現れたり消えたりするゴーストの存在を摑んでいた――。

　もう耐えられなかった。去年の一月、《イツシマアリ……》の不吉な書き込みを見た後に、亜理がすべてを話してくれた、あの時の彼女の泣きじゃくった顔が頭に溢れる。

「遺体についてすべて話します。ですのでこれ以上、亜理さんの取調べはやめてください」

　耐えられず、立ち上がって訴えていた。

23

信楽から電話を受けた洸は一人でホテルを飛び出した。

小深田亜理はなにが起きたのか、放心状態になっていたが、「のちほど連絡しますので、そうしたら彼女を連れてきてください」と中山に頼んだ。

柿沢孝洋は、遺体は彼が初期研修医時代に住んでいた神奈川県川崎市の雑木林に埋めたと自供したそうだ。信楽はすぐに鑑識にも電話をした。マスコミに知られないように、阿部が裏手に車を回して柿沢を乗せ、現場に急行している。

洸も迎えにきた熊野の車で現場に向かう。途中から洸が手を伸ばして回転灯をつけた。

川崎市麻生区の雑木林まで三十分もかからなかった。

信楽たちは先に到着していた。さらに数分遅れて鑑識課員も着いた。

両手に手錠を嵌めてタオルで隠した柿沢が、信楽と阿部に腕を取られた状態で雑木林の坂を登っていく。

「このあたりです」

柿沢が示した場所を、捜査員がショベルで掘る。三十センチもしない場所から飛翔ちゃんと思われる子供のものらしき白骨化した遺体が出てきた。

鑑識課員が丁寧に骨を拾い集め、現場の写真を撮る。

通常、遺体が出てきた現場の保持に努めるが、捜査員は次にそこから数メートル離れた場所を掘り始めた。そこからも白骨が出てきた。今度は成人のバラバラ遺体だった。

「これが逸島圭太ですか」

信楽が柿沢に問い質す。

「はい」

飛翔を殺したのは義兄の逸島圭太だった。圭太からまた援助交際を強要された亜理が飛翔のそばを離れたくないと断ると、圭太は飛翔に手をかけた。息子を助けようと亜理は圭太を絶命させた――ここに来るまでに柿沢が自供した内容だ。

「だけど亜理さんはどうしてその場で警察に通報しなかったのですか。亜理さんがしたことは正当防衛だったのに」

洸が尋ねた。無罪になったかは分からないが、情状酌量はされただろう。

「そんなの出来るわけがないじゃないですか。彼女があの男に今までさせられてきたことが全部知られてしまうんですよ」

「だからって、なにも遺体を隠さなくても」

「調べられたら、子供の父親のことだって……」

不自由な両手を揺らして叫ぶ柿沢に、洸は目を向けた。信楽も驚いた顔を見せている。

「飛翔ちゃんの父親って、逸島圭太だったのですか？」

洸が尋ねると、柿沢はコクリと首を折った。

24

数年振りに出会い系サイトの気味の悪い掲示板を見て数日が経った一月の半ば、ようやくメールを受け取った孝洋は、国道246号沿いのファミレスで亜理と会った。

その時、亜理は初めて涙を見せ、あの男がまた現れた、約束したお金は渡して足を洗ったのに、また援助交際をして稼げと命じてくる、と説明した。ゴーストは逸島圭太だったのだ。亜理がずっと長い間隠し持っていた苦しみを初めて知った。

――なにを言ってこようが無視すべきだよ。

強くそう言って亜理を説得した。

――でも断ったら、私の名前をサイトに載せるって脅してくるから。

イッシマアリ、イツデモアリ――あのメッセージを書いたのは逸島圭太だったのだ。嫌がる亜理を売春させるための……。

――なんて言ってこようが、従うな。亜理はもう二度とあんなことをしないために、逸島姓も塚本姓も捨てて、隼人くんの姓を名乗っているんじゃないか。なにを言ってきても無視してればいいんだよ。

――無理よ、そうしたら飛翔の父親だってことまで、全部話すって言ってるから。

――飛翔ちゃんの父親って、あいつだったのか。

亜理が貯めた金を渡し、一度は大阪に戻った圭太だが、経営していたバーがうまくいかなくなると、再び亜理の前に姿を現わし、金を無心するだけでなく、無理やり関係を迫った。

妊娠が発覚した時、亜理は隼人の子供か義兄の子供か分からず堕（お）ろそうかと考えた。だが中絶するには男性の同意書がいる。それよりも授かった大切な命であり、実の両親を失った亜理には、唯一の血のつながった家族が誕生するのだ。そう思うと堕ろすことはできず、産む決心をした。

孝洋が必死に説得したことで、亜理は圭太の援助交際の命令には従わなかった。強く断ってからはしばらく圭太からの連絡はなかった。昔と今では亜理は違う。彼女も母になり強くなった。陰湿な圭太も諦（あきら）めたのだろうと考え始めた。

そう思おうとした矢先だった。昨年四月十日の深夜、離婚して一人暮らしをしていた孝洋のスマホに亜理から電話がかかってきた。

泣き叫んでいるだけでなにを言っているのかまったく要領を得ない。

——待っててくれ、亜理。今すぐ行くから。

車で、引っ越したばかりのあきる野市の平屋建てに向かった。

未開封の段ボール箱が残っている部屋で、亜理は両ひざをついたまま、息をしない飛翔を抱きしめていた。

圭太から逃げるために引っ越したのに、引っ越し作業を目撃されて、トラックを尾行された。引っ越した夜に、圭太は亜理のもとに現れたという。圭太は覚醒剤でもやっているのか、テンションが高く、いつも以上に暴力的だった。そんなに子供のことを言うなら俺が始末してやる。俺の子なんだからどうしようと俺の勝手だろと子供部屋に入っていき、眠っている飛翔に手をかけた。

亜理はやめさせようとしたが、力ずくで振り払われた。

このままでは飛翔が殺されると我を失い、段ボール箱の中から金づちを取り、背後から圭太に振り下ろした。圭太の後頭部に当たった。無我夢中でそれこそ何発も、圭太が絶命するまで殴った。

我が子は解放されたが、抱きかかえた時には呼吸をしていなかった。

孝洋は亜理に、一緒に警察に行こうとは言えなかった。それができるなら孝洋ではなく、最初から警察に連絡している。ここで通報することは、子供の父親のことも、亜理の暗い過去も、すべてが白日の下に晒されることになる。

――遺体は俺がなんとかする。亜理はなにもなかったように明日の午後、子供がいなくなったと警察に通報するんだ。引っ越しの作業をしていたら姿が見えなくなった、開けっぱなしのドアから一人で出て行ったみたいだと言って。このあたりは川もあるから、子供がいなくなったら見つからないこともあるだろうから。

圭太の遺体を車のトランクに詰め、部屋に戻って次に飛翔の体も抱きかかえた時、亜理は息子まで持っていかれることに初めて気づき、我に返って孝洋の体を摑もうとした。

だが飛翔だけを置いていけば亜理が殺したことになる。心を鬼にして、飛翔を車に運び、家の外まで出てきた亜理の顔を見ることなく、アクセルを踏んで立ち去った。

　そのまま目黒のマンションへと戻った。

　日が昇る前だったため、二つの遺体を運ぶ様子は誰にも目撃されることはなかった。

　仕事を休む連絡をして、圭太を運びやすいように、電動ノコギリを購入して浴室で解体した。その間、自分でも驚くほど冷静だった。

　医療用のものとは微妙に異なるが、オペで電気メスを使っているため圭太の体を切断することに躊躇いはなかった。飛翔と、バラバラにした圭太の遺体を別々にバッグに詰め、車のトランクに隠して都内を彷徨う。

　最初に行ったのは小学生の頃に住んでいた大井埠頭の公園だった。

　公園の奥まで歩いたが、こんな場所を掘っていたら必ず誰かに目撃されると諦めた。

　いくつもの場所に行っては断念を繰り返し、研修医時代に過ごした川崎市麻生区の雑木林に辿り着いたのは二日目の夜だった。

　雑草が生い茂り、人が出入りした気配を感じないその場所で、スコップで深く掘って飛翔の遺体を埋め、土を被せて黙禱した。圭太の遺体は飛翔にけっして手が届かない場所に埋めた。

　埋めたといってもそれほど深い場所ではないから、大雨でも降れば土は流れ、ほどなく発見されるだろう。

その時は自分がやったと名乗り出る覚悟だった。亜理には絶対に罪を被せないと。

口裏合わせのメールを送った以降、亜理とは連絡は断った。

子供を失った亜理が立ち直れるかどうかは分からないが、これで完全に圭太の呪縛から逃れられたのだ。人生を再スタートさせてほしいと心から願った。

いつバレるのかと思うとつねに恐怖が迫り、新しい病院でも満足のいく医療はできなかった。

それでも遺体が出てくるまで、なにごともなく過ごせれば良かったのだ。それなのに勤務帰りの新大久保の路地で、中年男性が金髪にしたチンピラ風の男に因縁をつけられているのが目に入り、孝洋は止めに入った。

チンピラは、止めた孝洋に暴力を浴びせてきた。殴られながらくすんだ過去が揺り動かされるように脳裏に戻った。ヤンキー連中の言いなりとなり、犯罪に手を染めようとした勇気のなさが、亜理を傷つけ、彼女の人生をめちゃくちゃにしたのだ。もう二度とあの頃の弱い自分には戻ってはならない――。

音を立てるように心火が爆ぜた。

次に自分を取り戻した時には、金髪を真っ赤に染めた男に馬乗りになり、なおも拳を顔面にぶつけていた……。

警察官が逸島圭太の遺体をすべて取り出すのを孝洋はただじっと眺めていた。

背後に人の気配を覚える。

はたと振り返ると、女性刑事が亜理を連れてきた。

亜理は顔が真っ青で、孝洋にも気づいていなかった。

信楽という刑事が亜理に近づき、二つに分けたビニール袋のうち、飛翔の遺骨を指した。亜理はその袋に走り寄り、ひざまずいた。

「ごめんね、飛翔、こんなところにずっと置いて、ママを許して」

地べたに膝をついたまま顔をくしゃくしゃにして泣き続ける。啼泣する亜理を直視することができず、孝洋は顔を背けた。

「では、我々は行きましょうか」

森内という刑事がそう言い、阿部という刑事とともに、孝洋は連行される。

そこで亜理が顔をあげ、孝洋を見た。

「亜理」

思わず名前を叫んだ。

彼女はスカートから出た膝を地面についたまま、孝洋が立つ方向に向き直る。

瞼の裏からいっときも消えることがなかった亜理の顔を見つめる。

すると亜理は地面に額がつくほど、深く頭を下げた。

そんな恰好をしないでくれ、全部、俺が悪いんだから。亜理はなにも悪くないんだから。

堰せき止めてきた感情が決壊し、孝洋も地面に膝をついて号泣した。

25

道端にできた日陰で瑠璃が待っていると、七時二十五分に信楽はやってきた。
黒シャツに白いマスクをしているので余計に目立つ。前に会った時に、マスクは白で
も大丈夫なんですかと尋ねようとしたことがあったが、寸前でやめた。
今は様々な色や柄が発売されていて、黒いマスクをつけている若者も見かける。全身
黒ずくめの服装でも、信楽に白いマスクはよく似合う。
「なんだよ、すぐに来るのかと思ったのに、二週間も来ないから、元の部署に戻ったの
かと思ったよ」
珍しく信楽から話しかけてきた。
「働き通しだったので休みをもらったんです。今は警視庁担当記者でもきちんと休みを
消化しないと、人事部がうるさいので」
小深田亜理に殺人容疑、柿沢孝洋に死体遺棄で起訴してから二日間、続報を書いた。
その後はデスクの指示で、東洋新聞の誤報以来二十日間出ずっぱりだった捜査一課担当
は、三人交替で休みを取った。
ただし捜査一課長の会見に出られるのは各社の「仕切り」のみ。代役の出席は認めら

れないため、中野は二十数日ぶりの休日でも、午前中の一課長会見には出席していた。

三カ月と期間を限定されているからなんとか頑張れたが、正式な担当になっていたら、体を壊すより先に、音を上げていただろう。それくらい事件記者の仕事はハードだ。

「休みたって、なにもすることないだろう。コロナでどこもかしこもやってないし」

「はい、なので宅飲みしてました」

アルコールはほとんど飲まないが、酒好きの信楽に合わせておく。

「俺も同じだよ。行きつけの店が営業自粛だから、仕方なしにテレビでのんべえが飲み屋を巡る番組があるだろ。あればっか見てるよ」

「酒場放浪記とかですか」

藤瀬が自分のことを「中央新聞のおんな酒場放浪記」と呼んでいる。BSでは酒場とか居酒屋とか町中華とか、コロナ前に収録した番組の再放送が数多く流れる。出歩けないせいで、コロナ一辺倒の報道番組に飽きた視聴者からニーズがあるようだ。

「番組を見ながら、俺もテーブルの上に酒やつまみを用意するんだ。そして番組で乾杯ってやると、一緒になって乾杯って言う。飲みに行けない憂鬱な気分も少しは晴れるし、悪くはないよな。そういうの、巷ではなんて言うんだっけ？」

グラスを持ち上げる振りをした信楽に顔を向けられた。

「もしかしてリモート飲みのことを言ってます？」

「そうそう、それだ。俺もそれをやっているんだよ」

意味を履き違えているなと思いながらも、「私もやってます。リモート飲み」とグラスを上げる真似をした。信楽はたまにお茶目な一面を見せる。これも何度も取材した成果の一つだ。

「ちゃんと他紙を出し抜いて、二発スクープしたじゃないか。どこで聞いてきたのか知らないけど」

「それは……」

信楽さんが教えてくれたおかげで、と言いかけて、思いとどまった。せっかく惚けてくれているのに、ここで礼を言うのは無粋だ。

瑠璃に子供と成人男性の遺体が出てきたと連絡をくれたのは、新宿署の泉刑事課長だった。泉とは面識もなかったから、信楽が連絡してやれと言ってくれたのだろう。

おかげで中央新聞は《遺体発見》と《柿沢孝洋に死体遺棄で逮捕状請求》と連続スクープできた。

休日もあったが、二週間も信楽の取材に来なかったのは、信楽が中央新聞に流したと他紙に思われないよう、気を遣ったつもりだ。

「あなたはどうして逮捕状請求を死体遺棄だけにして、柿沢の殺人容疑とは書かなかったんだ？　朝、新聞を読む直前になって、しまった、あの伝え方だと、間違った報道をしてしまうと悔やんだけど、ちゃんと中央新聞は死体遺棄で止まっていたからホッとしたよ」

惚けていたくせに泉を通じて連絡をくれたことまで明かした。この刑事は、人見知りなだけで根はいい人なのだ。

殺人罪まで書くかどうかは社内でも揉めた。捜査一課担当総出で取材をしたが、逮捕状請求が締め切り直前の深夜にさしかかっていたため裏取りはできなかったが、警視庁キャップの辻本は「柿沢は一度、自分が殺したと自供してんだろ。なら殺人でいいんじゃないか」と主張した。

——大井の公園で遺体が出てこなかった段階で、あの自供は白紙になったと考えた方がいいと思います。

瑠璃はそれだけは譲れないと反論し、辻本もしぶしぶ死体遺棄容疑でとどめることを許した。

翌日、飛翔を殺害したのは逸島圭太、その行為を止めるために小深田亜理が圭太を死なせたと発表になった時は、会見場が揺れるほど全記者が仰天した。結果的に、中央新聞は誤報を書かずに済んだ。

小深田亜理については、「現状では逸島圭太を死に至らすより子供を救う方法はなかったと見ている」とマスコミ嫌いの捜査一課長が珍しく踏み込んだ発言をした。不起訴になるというのが大方の見方だ。

信楽からも「小深田亜理については、検察も同情的に考えているみたいだ」と言われた。

「でもよく正当防衛が認められましたね。柿沢がそう言っても、実際に飛翔ちゃんを殺したのは逸島圭太の犯行だと裏付ける証拠はないのかと心配していました」

「俺も子供を殺したのが逸島圭太なのか、それとも小深田亜理か、はたまた柿沢なのかは判断がつかないのではと、それが気掛かりだったよ。逸島圭太の犯行だと認定されない限り、小深田亜理の正当防衛も認められないからな」

「どうして認められたんですか」

「子供の爪から逸島圭太の皮膚が出てきたんだ。三歳児でも必死に抵抗したんだろう。可哀想にな」

小深田亜理にも息子が抵抗する姿は見えていたのだろう。だから咄嗟に金づちで逸島圭太の頭を殴った。

「柿沢孝洋はどうなりそうですか。実刑は止む無しという声が多数を占めていますが」

求刑するのは検察だ。それこそ信楽の得意の文句である「分からないよ」が出ると思ったが、予想は外れた。

「死体遺棄だけでなく、死体損壊までついたんだ。実刑は避けられないだろう」

「本人も悲嘆に暮れているでしょうね」

「柿沢だって罪の大きさは分かっていたはずだ」

それでも成人男性の遺体を確実に遺棄するには、バラバラに切断するしか方法はなかったのだろう。

自販機の前に到着した。信楽は自分の炭酸水と瑠璃の紅茶を買う。

「ありがとうございます」

取り出し口から自分で取って、キャップを開ける。朝からいろいろ喋ったので喉はカラカラだ。

「亜理さんが逸島圭太を殺したのは分かりました。援助交際されていた過去や飛翔ちゃんが圭太の子供であることを知られたくなかったことも。だけど柿沢はどうしてそこまでして罪を被ろうとしたんですか」

この事件最大の謎を口にする。柿沢が警察に行こうと言っていれば、彼は犯罪者にならずに済んだのだ。

「そのことは我々も柿沢に尋ねた。柿沢が言うには、亜理がいなければ自分はとっくの昔に犯罪者だったと話していた」

「犯罪者ってどういうことですか」

「悪い連中の言いなりになって、酔っ払いから奪ったクレジットカードから金を引き出そうとしたのを亜理が止めてくれたらしい」

「それだけですか」

「連中の仕返しを恐れていた柿沢を、亜理が圭太に助けてやってほしいと頼んだ。亜理が圭太に初めてレイプされたのはその晩だ。亜理は必死に抵抗した。すると圭太は、それなら柿沢という同級生がどうなるかは知らないぞと脅し、亜理はそれ以上は拒めなかった。柿沢はそのことを去年再会した時に初めて知ったのだが、そのことが一番ショックだったと話していたよ。亜理さんの人生を狂わせたのはすべて自分だ、だから亜理さんより自分の罪を軽くしないでくださいと泣きながら嘆願してきた」

信楽が言うには、圭太と亜理の関係はその後も続いた。最初は無理やりだったのが、その後は普通の恋愛関係に変化していくのは珍しいことではなく、母親を失い、天涯孤独の身になった亜理に、圭太が一緒に東京に行こうと誘った。

その頃の圭太は優しかったようで、大阪で暮らす生活費もなかった亜理は、圭太について上京を決意する。

東京での亜理は、居酒屋などでアルバイトをしながら二年間の専門学校を終えた。だが圭太は他に女を作り、バーテンダーやクラブの黒服をクビになって借金がかさむと、亜理に金をせびり出す。亜理は一人暮らしを始めるが、圭太は出会い系の掲示板に亜理のかつての姓名を晒し、援助交際を強要した。もちろんその間も性暴力は続いた。

「やっぱり亜理さんは性暴力に遭っていたんですね」

「なんだよ、まるで分かっていたような言い方だな」

マスクを下げて炭酸水を飲んだ信楽が、再びマスクを戻した。

「分かっていたわけではないですけど、私は亜理さんが言っていたゴーストは実在すると思っていました。その男にひどいことをされたから、一人でいるのが怖くなって夜を過ごしてくれる相手を探したんじゃないかと」

「それならうちの森内も同じことを言ってたよ」

「森内さんも男性と同居していた理由が分かっていたんですか」

「それは彼の奥さんの意見だと話していた。女性の気持ちは、女性が一番分かるってことだな。昔と比べたら女性の捜査員も増えたけど、捜査一課も女性刑事をもっと増やさなきゃいけない。でないと複雑な事件は解決できない」

捜査一課では女性の割合は一割強だと聞いている。それでも一課だけで四百人の大所帯だから、四十人以上が、ハードワークで、時には命の危険もつきまとう激務をこなしている。

「そんな過去があったから、柿沢は新大久保で見ず知らずの人が恐喝されているのを見過ごせなかったんですかね」

「おっ、さすが切れ者の切れ者だな」

今日初めて言われた。

「当たっていましたか？」

「死体を遺棄した後、最後に送ったメールで、柿沢はもう二度と弱い男には戻らないと亜理と約束したらしい」

「そのことを亜理さんはなんて？」

「柿沢くんらしい。彼は医者になると言って本当になったし、約束したことは守ると話していたよ」

「そこまで信頼しあっているのに、二人はどうして一緒にならなかったんですか」

「亜理は自分の力で医師になった柿沢に、汚れた自分はふさわしくないと思った。柿沢も自分は陰から支えているだけで充分だったと話しているよ。柿沢の中学時代のいじめに気づいてあげたのは亜理だし、一方の柿沢も、亜理はつねになにかに苦しめられているように感じていたらしい。二人は相身互いの関係だったんだ」

亜理のことを誰も愛せないタイプだと思ったのは訂正しなくてはならない。二人とも愛し合っていた。ただ一般の男女とは恋愛の仕方が異なっていただけだ。

「なんだか素敵な恋物語を聞かされているような気がしてきました」

「柿沢は遺体をバラバラにして遺棄したんだ。警察が素敵とは答えられないよ」

信楽は苦笑いを浮かべたが、それ以上の非難はしなかった。

「ところで切れ者は元気にやってるのか」

「はい、毎日、コロナ関係の取材で走り回っています。昨日、電話した時も、このウイルスは出口が見えないと嘆いていましたよ」

「大変な仕事だな」

「藤瀬さんが偉いのは、会社がパンデミックなんだから、専門家の意見を使って紙面で危機を煽れと言うのを、『先がどうなるか誰も分からない未曾有のウイルスなのに、新聞が煽ってどうするんですか。事実だけを客観報道しましょうよ』とデスクと毎日喧嘩しているところです」

中央新聞は他紙やテレビと比べてコロナ報道で遅れを取っていると一時期、社内で批判が相次ぎ、藤瀬の立場は悪くなった。

藤瀬はなにもウイルスを甘く見ているわけではなく、マスクの着用や大人数での飲み会などは注意するよう紙面で訴えている。なにせ最初に、コロナ前に自分たちが見てきた光景は変わり、これからは別の世界になると言ったのは藤瀬だ。

人類が経験したことのないウイルスと今後も共存していくのだから、必要以上に騒ぎ立てることはない、パニックにならずに落ち着いた報道をしよう、藤瀬はそう心掛けているだけだ。

信楽は再びマスクをずらして、炭酸水を飲んでいた。マスクを戻す。

「そうなんだよ。なんでも分からないだよ。切れ者に会ったら『あなたが言ってることが正しい』と伝えておいてくれ」

「藤瀬さんも信楽さんの言葉を聞いて喜ぶと思います」頭を下げてから、「先走って決めつけないよう、私も肝に銘じて取材します」と続けた。

駅が見えてきた。四月をピークにいっとき新規感染者数は減ったが、最近はまた増加の兆候が出てきた。電車内でお喋りするわけにはいかないと、「ありがとうございました、私はここで」と引き下がった。

信楽は去っていく。今日も過去の行方不明者と近々の逮捕者を照らし合わす地道な作業をするのだろう。

事件記者の仕事は体力的にきついし、速報よりじっくり時間をかけて取材できる調査報道の方が自分には向いている。

それでも、事件化されていないことに端緒を見つけて犯行を解明する――信楽の捜査は、なにもないところから掘り起こしていく調査報道記者の仕事と通じるものがある。

こうした捜査が、警察にあったことを知っただけでも、臨時の捜査一課担当は、大きな意義があった。

（「二係捜査(4)」は二〇二四年秋に発売予定です）

本書は書き下ろしです。
本作はフィクションであり、登場する
人物・組織などすべて架空のものです。

ゴースト

二係捜査(3)

本城雅人

令和5年 11月25日　初版発行

発行者●山下直久

発行●株式会社KADOKAWA
〒102-8177　東京都千代田区富士見2-13-3
電話　0570-002-301(ナビダイヤル)

角川文庫 23888

印刷所●株式会社暁印刷
製本所●本間製本株式会社

表紙画●和田三造

ISBN 978-4-04-113771-0　C0193

◇◇◇

角川文庫発刊に際して

角川源義

第二次世界大戦の敗北は、軍事力の敗北であった以上に、私たちの若い文化力の敗退であった。私たちの文化が戦争に対して如何に無力であり、単なるあだ花に過ぎなかったかを、私たちは身を以て体験し痛感した。西洋近代文化の摂取にとって、明治以後八十年の歳月は決して短かすぎたとは言えない。にもかかわらず、近代文化の伝統を確立し、自由な批判と柔軟な良識に富む文化層として自らを形成することに私たちは失敗して来た。そしてこれは、各層への文化の普及滲透を任務とする出版人の責任でもあった。

一九四五年以来、私たちは再び振出しに戻り、第一歩から踏み出すことを余儀なくされた。これは大きな不幸ではあるが、反面、これまでの混沌・未熟・歪曲の中にあった我が国の文化に秩序と確たる基礎を齎らすためには絶好の機会でもある。角川書店は、このような祖国の文化的危機にあたり、微力をも顧みず再建の礎石たるべき抱負と決意とをもって出発したが、ここに創立以来の念願を果すべく角川文庫を発刊する。これまで刊行されたあらゆる全集叢書文庫類の長所と短所とを検討し、古今東西の不朽の典籍を、良心的編集のもとに、廉価に、そして書架にふさわしい美本として、多くのひとびとに提供しようとする。しかし私たちは徒らに百科全書的な知識のジレッタントを作ることを目的とせず、あくまで祖国の文化に秩序と再建への道を示し、この文庫を角川書店の栄ある事業として、今後永久に継続発展せしめ、学芸と教養との殿堂として大成せんことを期したい。多くの読書子の愛情ある忠言と支持とによって、この希望と抱負とを完遂せしめられんことを願う。

一九四九年五月三日

角川文庫ベストセラー

不屈の記者　本城雅人

中央新聞の那智紀政は、記者の伯父が残した、謎の建設工事資料の解明に取り組んでいた。伯父は、伝説の調査報道記者と呼ばれていたが、病に倒れてしまったのだ。那智は、仲間たちと事件を追うが——。

軌跡　今野　敏

目黒の商店街付近で起きた難解な殺人事件に、大島刑事と湯島刑事、そして心理調査官の島崎が挑む。(「老婆心」より) 警察小説からアクション小説まで、文庫未収録作を厳選したオリジナル短編集。

熱波　今野　敏

内閣情報調査室の磯貝竜一は、米軍基地の全面撤去を前提にした都市計画が進む沖縄を訪れた。だがある日、磯貝は台湾マフィアに拉致されそうになる。政府と米軍をも巻き込む事態の行く末は？　長篇小説。

鬼龍　今野　敏

鬼道衆の末裔として、秘密裏に依頼された「亡者祓い」を請け負う鬼龍浩一。企業で起きた不可解な事件の解決に乗り出すが……恐るべき敵の正体は？　長篇エンターテインメント。

陰陽　鬼龍光一シリーズ　今野　敏

若い女性が都内各所で襲われ惨殺される事件が連続して発生。警視庁生活安全部の富野は、殺害現場で謎の男・鬼龍光一と出会う。祓師だという鬼龍に不審を抱く富野。だが、事件は常識では測れないものだった。

角川文庫ベストセラー

憑物
鬼龍光一シリーズ

今野　敏

渋谷のクラブで、15人の男女が互いに殺し合う異常な事件が起きた。さらに、同様の事件が続発するが、その現場には必ず六芒星のマークが残されていた……警視庁の富野と祓師の鬼龍が再び事件に挑む。

豹変
鬼龍光一シリーズ

今野　敏

世田谷の中学校で、3年生の佐田が同級生の石村を刺す事件が起きた。だが、取り調べで佐田は何かに取り憑かれたような言動をして警察署から忽然と消えてしまった——。異色コンビが活躍する長篇警察小説。

殺人ライセンス

今野　敏

高校生が遭遇したオンラインゲーム「殺人ライセンス」。ゲームと同様の事件が現実でも起こった。被害者の名前も同じであり、高校生のキュウは、同級生の父で探偵の男とともに、事件を調べはじめる——。

脳科学捜査官　真田夏希

鳴神響一

神奈川県警初の心理職特別捜査官・真田夏希は、医師免許を持つ心理分析官。横浜のみなとみらい地区で発生した爆発事件に、編入された夏希は、そこで意外な相棒とコンビを組むことを命じられる——。

脳科学捜査官　真田夏希
イノセント・ブルー

鳴神響一

神奈川県警初の心理職特別捜査官の真田夏希は、友人から紹介された相手と江の島でのデートに向かっていた。だが、そこは、殺人事件現場となっていた。そして、夏希も捜査に駆り出されることになるが……。

角川文庫ベストセラー

脳科学捜査官 真田夏希
エキサイティング・シルバー
鳴神響一

キャリア警官の織田と上杉の同期である北条直人が失踪した。北条は公安部で、国際犯罪組織を追っていたという。北条の身を案じた2人は、秘密裏に捜査を開始するが――。シリーズ初の織田と上杉の捜査編。

脳科学捜査官 真田夏希
ストレンジ・ピンク
鳴神響一

神奈川県茅ヶ崎署管内で爆破事件が発生した。捜査本部に招集された心理職特別捜査官の真田夏希は、SNSを通じて容疑者と接触を試みるが、容疑者は正義を掲げ、連続爆破を実行していく。

脳科学捜査官 真田夏希
エピソード・ブラック
鳴神響一

警察庁の織田と神奈川県警根岸分室の上杉。二人には、決して忘れることができない「もうひとりの同期」がいた。彼女の名は五条香里奈。優秀な警察官僚だった彼女は、事故死したはずだった――。

捜査流儀
警視庁剣士
須藤靖貴

警視庁捜査一課の郷謙治は、刑事でありながら警視庁剣道の選ばれし剣士。池袋で発生した連続放火・殺人事件の捜査にあたる郷は、相棒の竹入とともに地を這う聞き込みを続けていた――。剣士の眼が捜査で光る！

偽装潜入
警視庁捜一刑事・郷謙治
須藤靖貴

池袋で資産家の中年男性が殺された。被害者は、自宅に現金を置き、隠す様子もなかったという。身内の犯行が推測されるなか、警視庁の郷警部は、キャリア警部の志塚とともに捜査を開始する。

角川文庫ベストセラー

警視庁潜入捜査官 イザヨイ　須藤靖貴

警察庁から出向し、警視庁に所属する志塚典子に、上層部から極秘の指令がくだった。それは、テレビ局内で起きた元警察官の殺人事件を捜査することだった。犯人は、警察内部にいるのか？　新鋭による書き下ろし。

逸脱　捜査一課・澤村慶司　堂場瞬一

10年前の連続殺人事件を模倣した、新たな殺人事件。県警を嘲笑うかのような犯人の予想外の一手。県警捜査一課の澤村は、上司と激しく対立し孤立を深める中、単身犯人像に迫っていくが……。

天国の罠　堂場瞬一

ジャーナリストの広瀬隆二は、代議士の今井から娘の香奈の行方を捜してほしいと依頼される。彼女の足跡を追ううちに明らかになる男たちの影と、隠された真実とは。警察小説の旗手が描く、社会派サスペンス！

歪　捜査一課・澤村慶司　堂場瞬一

長浦市で発生した2つの殺人事件。無関係かと思われた事件に意外な接点が見つかる。容疑者の男女は高校の同級生で、事件直後に故郷で密会していたのだ。県警捜査一課の澤村は、雪深き東北へ向かうが……。

執着　捜査一課・澤村慶司　堂場瞬一

県警捜査一課から長浦南署への異動が決まった澤村。その赴任署にストーカー被害を訴えていた竹山理彩が、出身地の新潟で焼死体で発見された。澤村は突き動かされるようにひとり新潟へ向かったが……。

角川文庫ベストセラー

角川文庫ベストセラー